Lucien PEREY

Zerbeline et Zerbelin

ou

la Princesse qui a perdu son œil

PARIS
CALMANN-LÉVY, Éditeur
3, rue Auber, 3

ZERBELINE ET ZERBELIN

ou

LA PRINCESSE QUI A PERDU SON ŒIL

OUVRAGES DU MÊME AUTEUR

Histoire d'une Grande Dame au xviiiᵉ Siècle : La Princesse de Ligne. — 1 volume grand in-8°.

Histoire d'une Grande Dame au xviiiᵉ Siècle : La Comtesse Potocka. — 1 volume grand in-8°.

EN COLLABORATION AVEC M. GASTON MAUGRAS

Correspondance de l'abbé Galiani. (*Couronné par l'Académie française*). — 2 volumes grand in-8°.

La Jeunesse de Madame d'Épinay. (*Couronné par l'Académie française*). — 1 volume grand in-8°.

Les Dernières Années de Madame d'Épinay. (*Couronné par l'Académie française*). — 1 volume grand in-8°.

La Vie intime de Voltaire. — 1 volume grand in-8°

LUCIEN PEREY

ZERBELINE ET ZERBELIN

ou

LA PRINCESSE QUI A PERDU SON ŒIL

CONTE DE FÉE

PARIS

CALMANN LÉVY, ÉDITEUR

3, RUE AUBER, 3

—

1890

DÉDIÉ

A

YVONNE ET A ROGER

PERSONNAGES

GRAND'MÈRE.

PIERRE (neuf ans).

JEANNE, dite Javotte (six ans).

PREMIÈRE VEILLÉE

Il fait grand froid ; un bon feu brille dans la cheminée. Grand'mère s'installe dans un fauteuil. Pierre et Javotte, ses petits-enfants, approchent leurs chaises tout contre ses jambes, et, levant les yeux vers elle, ils attendent avec impatience le récit qu'elle va commencer.

GRAND'MÈRE

« Il y avait une fois... »

PIERRE

Pardon, grand'mère : comment s'appelle l'histoire ? Il faut nous le dire avant.

GRAND'MÈRE

« Elle s'appelle *La Princesse qui a perdu son œil.* »

JAVOTTE

Elle n'avait qu'un œil, grand'mère ?

GRAND'MÈRE

Elle en avait deux avant d'en avoir perdu un.

JAVOTTE

Ah !... C'est que vous disiez : « qui a perdu son œil ». Moi j'ai cru qu'elle n'en avait qu'un en tout.

GRAND'MÈRE

Si vous m'interrompez déjà, je ne pourrai jamais finir mon histoire.

PIERRE

Nous ne dirons plus rien, grand'mère : c'est Javotte qui cause toujours.

JAVOTTE

Non, c'est toi qui as demandé le nom de l'histoire.

GRAND'MÈRE

Voyons, voulez-vous vous taire, oui ou non ?

(Profond silence.)

« Il y avait une fois un roi qui s'appelait le roi des Mines-d'Or. Ce roi avait une petite fille très jolie et très bonne ; il l'aimait d'autant plus qu'il n'avait qu'elle à aimer, car il était veuf. »

JAVOTTE

Pardon, grand'mère : un petit mot seulement. Qu'est-ce que c'est d'être veuf ?

GRAND'MÈRE

On est veuf quand on a perdu sa femme.

JAVOTTE

Ah!... et quand on la retrouve, on n'est plus veuf alors?

GRAND'MÈRE

Comment, quand on la retrouve?

JAVOTTE

Eh bien! oui : hier j'ai perdu ma balle; ce matin je l'ai retrouvée. Ce roi pourrait bien retrouver sa femme : alors il ne serait plus veuf.

GRAND'MÈRE

Mais elle est morte, sa femme : comment veux-tu qu'il la retrouve?

JAVOTTE

Ah! vous n'aviez pas dit ça, grand'mère, je vous assure; vous n'aviez pas dit du tout qu'elle était morte!

GRAND'MÈRE, s'impatientant.

Eh bien! je le dis à présent. Mais, si vous êtes assez peu intelligents pour qu'il faille vous expliquer chaque mot, ce n'est pas la peine de continuer.

PIERRE

Oh! grand'mère, continuez, je vous en prie. C'est Javotte qui est bête comme ça et qui ne comprend rien; moi je comprends tout.

Ici huit heures et demie sonnent, la porte s'ouvre, et l'on voit apparaître la bonne anglaise Jane. Stupeur des enfants.

« Master Pierre, miss Javotte, *go to bed.* »

PIERRE, au désespoir.

Déjà! Mais vous ne nous avez rien conté du tout, grand'-mère!

ZERBELINE ET ZERBELIN.

GRAND'MÈRE

A qui la faute? Vous m'avez interrompu tout le temps. Si vous êtes plus sages demain, nous verrons à continuer l'histoire.

Les enfants embrassent grand'mère et s'en vont assez mortifiés. Pierre, en manière de consolation, tire en passant la queue de Tristan et ferme vivement la porte; le cri du chien est étouffé par le bruit de la porte; heureusement grand'mère ne l'entend pas.

Palais du roi des Mines d'Or

Naissance de Zerbeline.

DEUXIÈME VEILLÉE

La journée s'est bien passée, les leçons ont été convenablement prises, la promenade s'est faite par un beau soleil, cordes et cerceaux ont tourné à l'envi, les enfants sont un peu las.

Par extraordinaire, papa et maman dînent à la maison. Pierre et Javotte échangent des regards inquiets. « Crois-tu, dit la petite à l'oreille de son frère, que grand'mère voudra tout de même raconter l'histoire devant papa et maman? » — « Demande-lui », répond Pierre. Aussitôt le dîner fini, Javotte se suspend au cou de sa grand'mère et lui chuchotte quelque chose à l'oreille. La grand'mère sourit et fait un signe affirmatif. « Elle veut bien! elle veut bien! » crie Javotte en sautant de joie et entraînant sa grand'mère sur le canapé, où les deux enfants grimpent aussitôt et se blottissent près d'elle.

PIERRE

Grand'mère, vous en étiez à « car il était veuf ».

GRAND'MÈRE

Bien, j'y suis : « La petite princesse avait de beaux
cheveux blonds, un petit nez, une jolie bouche et l'œil droit
d'un bleu charmant; mais, hélas! à la place de l'œil gauche
était collé un morceau de taffetas noir de manière à cacher
l'orbite de l'œil qui manquait. »

JAVOTTE, bas à Pierre.

Qu'est-ce que c'est qu'un orbite ?

PIERRE, de même.

Je ne sais pas. Tais-toi !

JAVOTTE, haut.

Ça doit être joliment laid un orbite ?

PIERRE

Allons, bon! voilà que tu commences à interrompre : tu
ne diras pas que c'est moi cette fois !

GRAND'MÈRE

Ah ça! avez-vous fini? Vous allez vous disputer maintenant. En vérité, je ne sais plus où j'en suis.

(Profond silence.)

GRAND'MÈRE

« Quand la petite princesse était née, on avait invité quatre
fées à dîner pour le jour de son baptême, et le roi, afin de les
bien disposer, avait préparé pour chacune d'elles un bijou
rappelant son nom et déposé sur sa serviette. La fée aux
Roses avait une jolie églantine en brillants; la fée Lumineuse,
une mignonne petite lanterne en or éclairée par un petit bec
de gaz en rubis taillés à facettes; la fée des Eaux, une goutte
de rosée faite d'un seul diamant posé sur une coquille en

nacre de perle; enfin la fée Grenouille, la plus vieille de toutes, vit sur son assiette une ravissante petite grenouille en or émaillée de vert, qui remuait les pattes. »

PIERRE

Elle était vivante, grand'mère?

GRAND'MÈRE

Non, puisqu'elle était en émail.

PIERRE

Alors comment remuait-elle les pattes?

GRAND'MÈRE

Par un mécanisme caché dans son corps qui les faisait mouvoir comme les aiguilles d'une montre.

PIERRE

Alors les pattes marquaient l'heure?

GRAND'MÈRE

Quelle heure?

PIERRE

L'heure de la montre de la grenouille : vous dites que les pattes de la grenouille étaient les aiguilles de sa montre.

GRAND'MÈRE

Je n'ai pas dit un mot de cela.

PIERRE

Oh! pour ça, grand'mère, vous l'avez dit, je vous le promets : n'est-ce pas Javotte?

JAVOTTE, qui s'est endormie et s'éveille en sursaut, dit au hasard :

Non!

PIERRE

Non! Ah, par exemple, en voilà une forte! Mais vous venez de le dire, grand'mère; seulement Javotte n'a pas entendu : elle dort depuis le commencement, j'ai bien vu; elle a tant sauté à la corde qu'elle n'en peut plus.

JAVOTTE, rêvant.

Elle avait des pattes!

GRAND'MÈRE

Mais tu dors, Javotte!

JAVOTTE, confuse.

Je n'ai dormi qu'à la fin, grand'mère, juste à l'endroit de la grenouille; mais si vous voulez continuer, je comprendrai très bien.

GRAND'MERE

Allons! continuons. « Quand la fée Grenouille vit, sur son assiette, sa petite grenouille en émail, elle entra dans une colère affreuse, car elle ne pouvait supporter qu'on l'appelât Grenouille, ce qui était pourtant son véritable nom : elle voulait qu'on la nommât la fée de l'Ile-Verte, parce qu'elle régnait sur cette île. Le pauvre roi, qui ignorait cela et avait voulu lui faire une agréable surprise, fut au désespoir : il essaya en vain de la calmer, elle saisit la grenouille et la lança par la fenêtre. »

PIERRE

Ah! mon Dieu! sa montre sera cassée : quel dommage, Javotte!

JAVOTTE

Oh oui! elle devait être si drôle cette montre avec des pattes! Est-ce qu'elle trottait toute seule, dites, grand'mère?

GRAND'MÈRE, continuant.

« Le roi, voyant qu'il ne pouvait calmer la colère de la fée... »

JAVOTTE, insistant.

Est-ce que la montre de la grenouille marchait toute seule sur ses pattes, grand'mère?

GRAND'MÈRE, continuant sans répondre.

« ... Pria la fée Lumineuse... »

JAVOTTE, bas à Pierre.

Je crois que grand'mère est un peu sourde : crie-lui plus fort.

PIERRE, criant.

Est-ce qu'elle marchait sur ses pattes, grand'mère, la montre de la grenouille?

GRAND'MÈRE, exaspérée.

Non! cent fois non! Où avez-vous pris que cette grenouille avait une montre? Vraiment c'est odieux! Vous entendez de travers, vous comprenez à rebours; moi, quand j'avais votre âge et qu'on voulait bien me raconter un conte, j'écoutais tranquillement sans dire mot, et sans faire tant de stupides réflexions.

PIERRE, vexé.

Ce n'est pourtant pas notre faute si vous avez oublié ce que vous avez raconté hier.

GRAND'MÈRE, fâchée.

Comment, si j'ai oublié!

JAVOTTE, doucement.

Ne vous fâchez pas, grand'mère : il y a peut-être bien

2

longtemps que vous n'avez pas raconté cette histoire, alors vous l'avez oubliée ; mais ça ne fait rien, voyez-vous : elle est très jolie tout de même.

GRAND'MÈRE, stupéfaite.

Allons ! J'ai perdu la mémoire maintenant, c'est complet !

Le spectre anglais fait son apparition, et les enfants le suivent après avoir embrassé grand'mère.

JAVOTTE, bas à Pierre en s'en allant.

Pauvre grand'mère, ce n'est pas sa faute si elle oublie ses histoires : c'est parce qu'elle est très vieille, vois-tu, Pierre !

PIERRE, rêveur.

Oh oui ! je suis sûr qu'elle a bien quarante ans.

La fée Lumineuse lisant son grimoire.

TROISIÈME VEILLÉE

Le lendemain matin, les enfants, un peu soucieux de la manière dont ils ont quitté grand'mère la veille, se précipitent chez elle, avant qu'elle soit levée, et grimpent tous deux sur son lit pour l'embrasser.

JAVOTTE

Vous n'êtes plus fâchée contre nous, n'est-ce pas grand'-mère? C'est fini? dites que c'est fini!

GRAND'MÈRE, à moitié étouffée.

Eh bien! oui, oui! c'est fini; mais je vous assure, mes enfants, que je renoncerai tout à fait à vous raconter des histoires, si à chaque mot vous m'interrompez.

PIERRE

Oui, grand'mère; mais c'est ennuyeux de ne pas pouvoir dire qu'on trouve joli ou qu'on trouve laid.

JAVOTTE

Et puis quelquefois il faut bien demander pourquoi? Car
enfin, grand'mère, nous ne savons pas toutes les choses.

GRAND'MÈRE, souriant.

Je le crois sans peine ; mais laissez-moi m'habiller, mes
enfants : il est tard.

Les enfants s'en vont ; le soir venu, ils viennent s'asseoir
auprès de grand'mère, qui commence aussitôt :

« La fée Grenouille, après avoir lancé le joli bijou par la
fenêtre, se précipita comme une furieuse auprès du berceau
de la petite princesse, et, sortant de sa poche un petit gobelet
d'or, elle l'appliqua sur l'œil gauche de l'enfant ; puis, avant
qu'on eût le temps de l'en empêcher, elle donna trois petits
coups secs sur le gobelet et s'écria d'un air triomphant :
« Voilà qui est fait ! » et, montrant le petit gobelet aux spec-
tateurs terrifiés, ceux-ci virent avec horreur un joli petit œil
bleu que l'affreuse Grenouille venait d'escamoter. Avant que
chacun fût remis de son effroi, la fée sortit du palais et monta
dans un char tressé d'herbes marines et capitonné de mousse ;
il était attelé de huit gros crapauds. Elle prit les rênes, poussa
un sifflement aigu, et les crapauds partirent comme des flèches
en faisant de si grands bonds qu'il eût été impossible de les
rattraper.

JAVOTTE

Ah ! mon Dieu ! elle emportait l'œil !

GRAND'MÈRE

Sans doute. « Quand la malheureuse reine vit sa petite fille
avec un seul œil,... »

PIERRE

Quelle reine, grand'mère ?

GRAND'MÈRE

La mère de la petite princesse.

PIERRE

Mais vous aviez dit qu'elle était morte.

GRAND'MÈRE

Elle mourra plus tard, tu vas voir.

PIERRE, insistant.

Mais c'est au commencement que vous aviez dit qu'elle
était morte.

GRAND'MÈRE

Oui, je l'ai dit au commencement, mais je suis revenue
en arrière pour vous expliquer comment la petite princesse
avait perdu l'œil.

JAVOTTE

Eh bien! puisqu'elle n'est pas encore morte, ne la faites
pas mourir, voulez-vous? c'est trop triste! Cette pauvre petite
fille! c'est bien assez qu'elle ait perdu son œil, sans perdre
encore sa maman!

GRAND'MÈRE

Allons! soit, elle ne mourra pas. — « Quand la malheureuse reine vit sa petite fille avec un seul œil, elle fut au
désespoir et supplia les fées qui étaient restées auprès d'elle
de lui donner un moyen de reprendre à la méchante fée Grenouille le trésor qu'elle venait d'enlever. »

JAVOTTE

Elle avait enlevé un trésor aussi, cette vilaine Grenouille?

GRAND'MÈRE

C'est l'œil de sa petite fille que la reine appelait un trésor.

JAVOTTE

Je croyais qu'un trésor, c'étaient des louis cachés dans la terre.

PIERRE

En voilà une bêtise !

JAVOTTE

Ce n'est pas une bêtise, puisque c'est dans ma fable : *L'Avare et son Trésor*. Et puis je ne veux pas que tu me dises toujours que je suis bête !

GRAND'MÈRE

Si c'est à vous taquiner que vous passez votre temps, je vais appeler Jane.

LES ENFANTS

Non, non ! grand'mère : ne l'appelez pas ! Nous ne dirons plus rien.

GRAND'MÈRE, continuant.

« Les fées prièrent Lumineuse, qui était la plus puissante d'entre elles, de consulter son grimoire pour savoir quel moyen il y aurait de reprendre à la fée Grenouille l'œil de la petite princesse. Elle sortit le précieux livre d'un grand sac de velours vert qu'elle portait toujours suspendu à sa ceinture... »

JAVOTTE, bas à Pierre.

C'était donc un livre, le grimoire ?

PIERRE, bas.

Oui, les grimoires c'est toujours des livres !

GRAND'MÈRE

« Elle tourna plusieurs pages, et lut tout haut ce qui suit :

« Et l'œil emporté reviendra
« Quand la princesse en l'étang plongera. »

« La reine demanda en vain l'explication de ces deux lignes, la fée déclara qu'il lui était impossible d'en dire davantage.

« Après avoir offert à la petite princesse de très beaux présents, chaque fée s'approcha à son tour de son berceau pour la douer. »

JAVOTTE

La nouer ! Mon Dieu, pourquoi veut-on la nouer ?

GRAND'MÈRE

Je ne dis pas la nouer, mais la douer.

JAVOTTE

Ah !... Mais qu'est-ce qu'on vous fait quand on vous doue ?

GRAND'MÈRE

On vous fait un don, un présent.

JAVOTTE

Ah ! tant mieux ! Je croyais qu'on allait encore lui faire du mal.

GRAND'MÈRE, continuant.

« La première la doua d'un esprit avisé ; la seconde la doua de la patience et de la bonté... »

PIERRE

Mais, grand'mère, ce n'est pas des cadeaux ça !

GRAND'MÈRE

Comment ! ce n'est pas des cadeaux ? Et que veux-tu de plus ?

PIERRE

Enfin, grand'mère, quand on nous fait des cadeaux, on nous donne des vraies choses, un cheval, une poupée, un vélocipède : ah ! c'est ça un cadeau que j'aimerais ! mais on

ne va pas nous donner de la patience, de la bonté, des choses
comme ça qu'on ne voit pas.

GRAND'MÈRE

Mais je t'assure que ça se voit quand on a de la patience
et de la bonté ! Tu devrais même t'en apercevoir quelquefois.

PIERRE

Ah ! je comprends bien ce que vous voulez dire, grand'-
mère : je sais bien que vous êtes bonne et patiente avec nous ;
mais vous avez ça au dedans de vous, ce n'est pas une fée
qui vous l'a donné.

JAVOTTE

Moi, je crois que c'est le bon Dieu qui donne ces choses,
puisque c'est à lui que nous demandons dans notre prière de
nous rendre sages.

GRAND'MÈRE, l'embrassant.

Et c'est toi qui as raison, ma Javotte... Où en étais-je ?

PIERRE

A : « La seconde la doua de la patience... »

GRAND'MÈRE

« La troisième, de la mémoire pour bien retenir ses
leçons ; enfin la quatrième, qui était la fée Lumineuse, la
doua d'un cœur courageux et lui donna une jolie petite
bonbonnière dans laquelle étaient renfermées trois perles
roses. « Ne laissez jamais sortir votre fille du jardin du
« palais, dit la fée, sans qu'elle ait cette bonbonnière dans sa
« poche : il y va de sa vie et de son bonheur ; et si elle se
« trouve dans un grand péril, qu'elle avale sur-le-champ une
« de ces perles ! » Le roi et la reine comblèrent les fées de

remercîments et les accompagnèrent jusqu'à leurs voitures, qui étaient fort extraordinaires.

GRANDE JAVOTTE...

JAVOTTE

Oh! grand'mère, dites-nous, je vous en prie, comment elles étaient ces voitures?

GRAND'MÈRE

« Celle de la fée aux Roses était une grande corbeille tressée avec des rubans roses et des galons d'argent, entourée d'une guirlande de roses et remplie de feuilles de roses qui formaient un coussin très tendre; elle était attelée de douze pigeons blancs comme la neige, ayant autour du cou de longs rubans roses qui servaient de guides. Aussitôt que la fée fut assise dans sa corbeille, ses pigeons s'envolèrent à tire d'ailes, et bientôt on ne vit plus qu'un point imperceptible dans le ciel... »

JAVOTTE, frappant dans ses mains.

Oh! que ça devait être joli, ces douze pigeons avec des rubans et la corbeille en fil d'argent! Vous l'avez vue, grand'mère, cette corbeille?

GRAND'MÈRE, souriant.

Pas précisément, mais j'en ai entendu parler. « La voiture de la fée des Eaux était un joli petit navire monté sur quatre roues et attelé de huit cygnes; de longues herbes marines très souples servaient à les conduire; à la proue du petit navire on voyait une immense coquille brillante comme du satin : elle était posée sur le dos d'un dauphin en or massif et remplie de duvet de cygne. La fée des Eaux monta légèrement, s'assit dans sa coquille qui lui servait de trône, puis elle rassembla dans sa main les longues

3

herbes qui guidaient les cygnes et siffla dans un petit sifflet
d'or suspendu à sa ceinture : les cygnes se mirent lentement
en marche le long d'une grande allée qui conduisait à la
rivière, puis, arrivés au bord, ils se jetèrent résolument à la
nage, en déployant à moitié leurs grandes ailes ; ils entraî-
nèrent le petit navire, qui se mit à voguer gracieusement ;
ils gagnèrent rapidement le tournant de la rivière, et dispa-
rurent. »

PIERRE

Oh ! que j'aimerais avoir ce petit navire avec des cygnes
pour le conduire ! Mais c'est une chose possible ça, grand'-
mère, n'est-ce pas ?

GRAND'MÈRE

Je ne crois pas que ce soit facile d'atteler des cygnes : on
risquerait d'attraper quelques bons coups de becs ou quelques bons coups d'ailes.

« La fée Lumineuse était restée plus tard que les autres
pour tâcher de consoler un peu la reine. La nuit vint, et l'on
ne voyait pas d'équipage à la porte qui attendît la fée. Le
roi lui dit : « Madame la fée, voulez-vous permettre que je
« fasse atteler mon plus beau carrosse pour vous reconduire
« chez vous ? » La fée sourit, et dit : « Le voyage serait
« difficile pour vos chevaux, Sire ; mais les miens sont prêts ».

« En disant cela, elle descendit le perron du château et
frappa la terre de sa baguette d'or : il en sortit un griffon
couleur de feu, dont les yeux étaient brillants comme des
étoiles ; sur son front était une boule de cristal renfermant
une flamme si brillante que tout le palais était illuminé.
Pendant que le roi regardait avec étonnement cette clarté
extraordinaire, la fée monta promptement sur son griffon,

le toucha du bout de sa baguette, et il partit comme l'éclair. »

Mais voici Jane : bonsoir, mes enfants.

PIERRE, bas à Javotte en s'en allant.

J'ai une idée, Javotte, et une fameuse, va! Tu verras, demain matin.

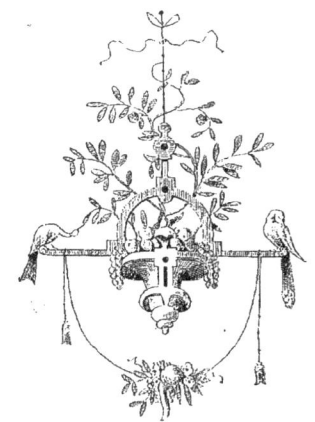

La fée Lumineuse et son griffon.

QUATRIÈME VEILLÉE

Le lendemain, jeudi, Pierre n'eut que deux heures de
leçon le matin et congé le reste de la journée; il se hâta de
terminer ses devoirs et descendit dans le jardin muni d'un
long cordon et d'un joli vaisseau avec toutes ses voiles; il
parla avec animation au jardinier Michel, qui eut l'air assez
étonné. Javotte, voyant ce colloque de sa fenêtre, descendit
bien vite pour voir ce qui allait se passer. Quand elle arriva
au jardin, Pierre et Michel sortaient ensemble de la serre,
le jardinier portant une espèce de sac en filet au bout d'une
longue perche. Ils se dirigèrent vers l'étang; Pierre émietta
du pain au bord du bassin, et un beau canard de Rouen aux
ailes vertes et au cou changeant s'approcha pour manger
le pain : aussitôt le jardinier lança son filet, comme une
coiffe à papillon; il attrapa le malheureux canard et l'amena

sur le bord. L'oiseau jetait des cris perçants, et Javotte, effrayée, crut qu'on allait le tuer.

JAVOTTE

Pierre! Pierre! que va dire maman si on tue son beau canard? Oh! ne lui fais pas de mal, je t'en prie!

PIERRE

Mais je ne veux pas le tuer : tu vas voir Javotte si ce sera drôle!

Pendant ce temps, le jardinier tenait ferme les pattes du canard, et Pierre lui passait au cou le cordon avec un nœud coulant; puis il lui attacha à chaque patte une ficelle dont l'autre extrémité était fixée au petit vaisseau. Quand l'opération fut faite, non sans peine, on lâcha le canard sur l'eau. Pierre courut au bord, tenant à la main le bout du cordon; puis le jardinier lança le petit vaisseau, qui suivit d'abord assez bien le canard.

PIERRE, joyeux.

Hein! Javotte, qu'en dis-tu? est-ce assez joli! N'est-ce pas tout à fait comme la voiture de la fée des Eaux?

JAVOTTE, émerveillée.

Oh oui! Il faut appeler grand'mère. (Criant de toutes ses forces.) « Grand'mère, venez, venez vite! »

Au même instant, le canard, sentant les ficelles attachées à ses pattes tirées par le poids du petit vaisseau, se débattit comme un diable, et secoua le vaisseau dans tous les sens. Pierre tira le cordon passé au cou du canard pour l'arrêter, mais la bête affolée nagea toujours en poussant des couacs affreux. Le vaisseau menaçait de s'engloutir : Pierre tira

plus fort le cordon; tout à coup les cris cessèrent, et le canard s'arrêta court.

JAVOTTE

Ah! mon Dieu! Pierre, tu l'as étranglé, il ne bouge plus!

GRAND'MÈRE, arrivant.

Eh bien! qu'y a-t-il donc?

JAVOTTE

Grand'mère! oh! quel malheur! juste au moment où le
canard faisait tout à fait comme les cygnes de la fée, voilà
qu'il est mort !

PIERRE, criant.

Il n'est pas tout à fait mort, Javotte : j'ai lâché le cordon,
je crois qu'il remue.

En effet, le canard, n'ayant plus le cou serré, revient à
la vie, se débat de plus belle, et recommence à secouer le
malheureux petit vaisseau. Michel, le jardinier, attrape le
bateau avec sa bêche et coupe les deux ficelles : le volatile
secoue ses plumes et se remet à nager comme si de rien
n'était. Pierre, un peu confus, revient auprès de sa grand'-
mère avec son bateau dans ses bras.

GRAND'MÈRE

Ah ça! m'expliquerez-vous ce qui se passe?

PIERRE

Voilà ce que c'est, grand'mère : J'ai voulu essayer d'atteler
le gros canard à mon bateau pour le lui faire tirer comme les
cygnes de la fée, et d'abord cela marchait très bien, et puis ce
vilain canard s'est mis à donner des coups de pied dans tous
les sens pour abîmer mon bateau : alors j'ai tiré un peu fort
le cordon que je lui avais mis au cou, et puis le canard a fait

comme s'il était mort; mais ce n'était pas vrai, c'était pour qu'on détache le bateau. Michel dit qu'il est rusé comme tout, ce canard!

GRAND'MÈRE

Je ne t'engage pas, Pierre, à imiter les fées sans demander permission avant de mettre tes projets à exécution. Maintenant, va raccommoder un peu ton bateau, qui me paraît avoir souffert pendant la traversée.

JAVOTTE

Je vais t'aider, Pierre, si tu veux : je sais très bien arranger les voiles.

PIERRE, soupçonneux.

Ah! tu as donc touché à mon bateau, pour savoir si bien l'arranger?

JAVOTTE, rougissant.

J'y ai touché une fois. Tu l'avais laissé sur la table devant la fenêtre ouverte; le vent l'avait fait tomber, il était un peu abîmé, et je l'ai arrangé; mais je t'assure, Pierre, que je n'y touche jamais.

GRAND'MÈRE

Et pourquoi n'y toucherait-elle pas, monsieur Pierre, s'il vous plaît?

PIERRE

Ce n'est pas un jouet de petite fille, grand'mère : moi je ne touche pas à ses poupées.

GRAND'MÈRE

Tu ne touches pas à ses poupées parce que cela ne t'amuse pas; mais un bateau peut très bien amuser une petite fille, et je trouve fort mal de ta part de ne pas le prêter à ta

sœur, qui est si gentille avec toi. Rien n'est plus vilain que de
vouloir tout garder pour soi : je ne te croyais pas égoïste
comme cela, Pierre! Et j'ai bien envie de te punir ce soir en
racontant l'histoire à Javotte toute seule, pendant que tu iras
te coucher.

JAVOTTE, voyant Pierre prêt à pleurer.

Oh non, grand'mère, ne l'envoyez pas coucher; je vous
assure qu'il ne garde pas tout pour lui : ce matin il m'a ap-
pelé pour voir le canard tirer le bateau.

PIERRE, sanglotant.

On me dit toujours de soigner mes affaires... j'ai cru que
Javotte abîmerait mon bateau si elle y touchait, parce qu'elle
est trop petite; mais ce n'est pas parce que je veux tout garder pour moi, puisque hier je lui ai donné ma toupie...

JAVOTTE, naïvement.

Oh! oui, c'est vrai, grand'mère : il m'a donné sa toupie,
qui tourne encore un peu.

GRAND'MÈRE, ne pouvant s'empêcher de rire.

Ah! si elle tourne encore un peu...

PIERRE, pleurant encore.

Il n'y a qu'à remettre une ficelle au fouet, et elle tournera
tout à fait, je vous assure, grand'mère.

GRAND'MÈRE

Allons, pour cette fois-ci je pardonne, et vous entendrez
tous deux le conte ce soir.

Javotte et Pierre embrassent grand'mère, et vont ensemble
réparer le bateau.

Grand'mère commence son récit aussitôt après dîner :

« Il s'écoula plusieurs années fort tranquilles depuis le baptème de la petite princesse; elle grandissait et devenait très gentille. Elle apprenait à merveille tout ce qu'on lui enseignait et ne semblait pas se douter de la perte de son œil. Il faut dire que toutes les dames de la cour, voulant plaire à la reine, s'étaient empressées de coller sur l'œil gauche de leurs filles un morceau de taffetas noir pareil à celui de la petite princesse, qui, ne sortant jamais du palais, croyait que toutes les petites filles du monde n'avaient qu'un œil. »

JAVOTTE

Ça devait être bien drôle de voir toutes ces petites filles avec leur morceau de taffetas noir?

GRAND'MÈRE

« Oui, et cela ne laissait pas d'étonner les étrangers qui venaient à la cour; et lorsqu'ils demandaient l'explication de cette singularité, on leur répondait qu'on ménageait ainsi leur œil gauche jusqu'au jour où elles devraient choisir un mari, afin qu'elles y vissent plus clair au moment d'une opération aussi délicate. Au premier abord, cette réponse paraissait bizarre; mais, en réfléchissant à tous les ménages mal assortis qu'on voit dans les pays où cet usage n'existe pas, on finissait par la trouver très raisonnable. »

JAVOTTE

Grand'mère, aviez-vous collé un morceau de taffetas noir sur l'œil de maman quand elle était petite?

GRAND'MÈRE

Non, pourquoi?

JAVOTTE

Oh! c'est seulement pour savoir si elle y voyait bien clair quand elle a choisi papa.

4

GRAND'MÈRE, souriant.

J'espère qu'elle y a vu clair tout de même; mais laisse-moi continuer.

« Zerbeline ne sortait jamais seule, car ses parents craignaient toujours un méchant tour de la fée Grenouille. Le roi avait cependant donné l'ordre de tuer toutes les grenouilles qui existaient à trois lieues à la ronde, et, par excès de précaution, on avait fait empailler la dernière, qu'on avait mise sous verre pour la montrer à la princesse, en lui disant que c'était une bête très dangereuse et qu'elle devrait s'enfuir aussitôt qu'elle en verrait une. Un jour, Zerbeline se promenant avec une de ses dames d'honneur, le vent fraîchit tout à coup, et la dame, craignant que la princesse ne s'enrhumât, courut au palais lui chercher un châle. A peine était-elle partie, qu'un corbeau vint se poser devant Zerbeline en sautillant d'une si drôle de façon qu'elle se mit à rire et voulut essayer de le prendre. Le corbeau se laissa approcher, puis, au moment où la princesse allait le saisir, il fit quelques sauts en arrière et s'arrêta de nouveau : ils continuèrent ainsi jusqu'à l'extrémité du parc. Il était expressément défendu à Zerbeline d'en sortir; mais, oubliant la défense et entraînée par le désir d'attraper le corbeau, elle ouvrit la grille, à travers les barreaux de laquelle l'oiseau venait de passer. Il l'attendait, et semblait cette fois-ci tout disposé à se laisser prendre. Zerbeline franchit la grille, saisit le corbeau par le cou; mais, à peine le tenait-elle, qu'elle sentit de grandes ailes la soulever en l'air, et le corbeau, devenu subitement d'une taille gigantesque, emporta sur son dos Zerbeline affolée, qui jetait des cris affreux tout en serrant involontairement le cou de l'oiseau pour ne pas être précipitée.... Malheureusement elle ne fut

entendue de personne, et, lasse de crier, elle laissa retomber
sa tête sur sa poitrine et se mit à pleurer amèrement. Au bout
d'une heure, le corbeau, qui volait avec une grande rapidité,
traversa un étang d'une étendue extraordinaire au milieu
duquel on apercevait une île. Parvenu au-dessus de l'île, il
descendit tout à coup et poussa trois croassements, qui étaient
probablement un signal convenu, car on vit aussitôt sortir
d'un palais situé sur un roc, au milieu de l'île, deux femmes
vêtues d'une étoffe verte et brillante ressemblant tout à fait à
la peau d'une grenouille; un grand voile de gaze verte flottait
autour de leur tête et cachait leurs traits; elles avaient une
tournure élégante et une démarche légère. Elles s'appro-
chèrent aussitôt de la petite princesse, toujours assise sur le
dos du corbeau, qui avait pris terre, et lui offrirent la main
pour descendre; puis elles rejetèrent leurs voiles en arrière,
et Zerbeline aperçut avec effroi deux têtes de grenouilles de
la grandeur d'un visage humain. »

JAVOTTE, terrifiée.

Ah! quelle horreur!...

PIERRE

Elles avaient mis des masques avec des figures de grenouilles, n'est-ce pas, grand'mère?

GRAND'MÈRE

Patience! tu verras plus tard. « Zerbeline eut une peur
d'autant plus grande de ces deux figures, qu'on lui avait toujours représenté les grenouilles comme des bêtes malfai-
santes : aussi son premier mouvement fut de s'enfuir, mais
l'émotion qu'elle avait ressentie pendant son voyage à dos
de corbeau l'avait si fort bouleversée qu'elle sentit ses jambes

trembler sous elle, et, les forces lui manquant tout à fait, elle
s'évanouit. Quand elle revint à elle, elle fut toute surprise
de se trouver couchée dans un grand lit, au milieu d'une
chambre tapissée des herbes marines les plus fines, formant
de jolis dessins sur le satin bleu qui tendait la chambre. Les
rideaux étaient couverts d'une broderie représentant d'élé-
gantes tiges de roseaux; des algues souples servaient d'em-
brasses et venaient s'attacher autour de jolies branches de
corail rose. Au fond de la chambre, une glace sans tain laissait voir une petite serre avec un bassin formé par une grande
coquille; une jolie cascade tombait dans le bassin, où nageaient
des poissons dorés, des poissons rouges et des poissons noirs.
Tout autour de la serre courait un petit ruisseau coulant sur
un lit de mousse et resserré par une bordure de coquilles
roses. Des plantes aquatiques avec leurs grandes fleurs jaunes
et blanches s'épanouissaient sur l'eau.

Zerbeline regardait toutes ces merveilles d'un œil étonné
et avait peine à rassembler ses esprits; mais tout à coup le
souvenir de sa cruelle aventure se réveilla, et elle se mit à
sangloter en pensant qu'elle était seule, bien loin de ses
parents, qu'elle ne reverrait peut-être jamais : alors toutes les
belles choses qui étaient autour d'elle lui parurent tristes et
laides, et elle eût donné les poissons, les coquilles, les belles
fleurs jaunes et blanches et les rideaux de satin bleu pour se
retrouver dans sa petite chambre en toile de Perse et pour
recevoir le baiser que sa maman venait lui donner chaque
matin. Au milieu de ces tristes réflexions, Zerbeline aperçut, attaché près de son lit, un petit sifflet d'argent; elle
pensa qu'il devait servir pour appeler et siffla : aussitôt la
porte s'ouvrit, et les deux dames grenouilles de la veille parurent... »

JAVOTTE

Mon Dieu ! restera-t-elle toujours avec ces affreuses grenouilles ? Elle finira par en mourir de peur !

GRAND'MÈRE

C'est ce qui te trompe. « Le premier mouvement de Zerbeline fut de cacher sa tête sous ses couvertures pour ne pas voir ces vilaines grenouilles, comme dit Javotte; mais elle entendit une voix très douce qui lui disait :
« N'ayez pas peur de nous, princesse, car nous ne vous
« ferons aucun mal. Au contraire nous sommes là pour vous
« servir. » Zerbeline souleva un peu ses couvertures et risqua son œil pour regarder celle qui parlait ainsi, il lui sembla que ses gros yeux ronds avaient une expression de bonté et que sa large bouche essayait un sourire.

PIERRE, riant.

Ça doit être drôle, Javotte, de voir rire une grenouille?

JAVOTTE, qui est comme pétrifiée depuis le commencement du récit, pousse un soupir et dit :

Oh ! je ne trouverai rien de drôle tant que Zerbeline sera chez ces bêtes horribles. Va-t-elle bientôt s'en aller, dites, grand'mère?

GRAND'MÈRE

Tu verras, je ne peux pas te le dire d'avance. — « Encouragée par ce qu'elle venait de voir, Zerbeline sortit tout à fait la tête de ses couvertures, et regarda en face les deux dames à têtes de grenouilles qui se tenaient près de son lit attendant ses ordres; peu à peu elle s'enhardit, et leur demanda où elle était. — «Vous êtes dans l'île Verte, princesse : ce palais appartient à la fée qui règne sur cette île. — Et comment la nomme-

t-on cette fée? demanda Zerbeline. — Hélas! répondit la
dame à tête de grenouille qui avait parlé la première, hélas!
il nous en a coûté trop cher d'avoir prononcé son véritable
nom pour risquer de le redire une seconde fois. On ne lui
donne ici que le nom de fée de l'Ile-Verte. — Mais, dit Zerbeline, pouvez-vous me dire au moins, Madame, comment il se
fait que ce corbeau géant m'ait apporté dans cette île? —
C'est par ordre de la fée, princesse! Elle guettait depuis longtemps le moment de vous faire enlever, et elle a été bien
joyeuse de votre arrivée. — Et pourquoi donc souhaitait-elle
si fort de me voir? — Pour conclure votre mariage avec son
neveu le prince Crapaud, qu'elle aime à la folie, et pour
lequel elle veut obtenir du roi votre père la succession à
son trône.

— Il me semble, dit Zerbeline, qui était une princesse fort
avisée pour son âge, que la fée de l'Ile-Verte eut mieux fait
d'aller demander ma main au roi mon père, que de me faire
enlever par son corbeau. Je doute fort qu'il la lui accorde
maintenant.

— Je crois, princesse, répondit la dame à tête de grenouille, qu'ils sont un peu brouillés depuis que...

— Depuis quoi? demanda la princesse. — Mais depuis que
la fée a emporté votre œil. — Mon œil? fit Zerbeline étonnée. »

« La dame à tête de grenouille était un peu bavarde; elle
sentit qu'elle avait été trop loin, et, ne comprenant rien à la
réponse de la princesse, elle s'arrêta, fort embarrassée de
continuer.

— « Quel œil? répéta Zerbeline : à coup sûr ce n'est pas
le mien, puisque je les ai tous les deux.

— Pardon! princesse, dit la dame, assez troublée : je
croyais que Votre Altesse avait perdu l'œil gauche!

— Ah! dit Zerbeline en riant, c'est parce qu'il est caché sous ce morceau de taffetas; mais vous savez bien qu'une jeune fille doit toujours cacher son œil gauche jusqu'au moment où elle choisit un mari. »

« Les deux dames à têtes de grenouilles demeurèrent stupéfaites de cette réponse, et supposèrent que les événements extraordinaires qui venaient d'arriver à la princesse lui avaient un peu dérangé la cervelle. Elles n'insistèrent pas, et pour changer la conversation elles lui proposèrent de se lever.

— « J'y consens, dit Zerbeline; mais auparavant je voudrais savoir quand je pourrai retourner chez le roi mon père? »

« Les deux dames secouèrent leurs têtes de grenouilles et échangèrent un regard mélancolique qui échappa à la princesse; puis elles répondirent qu'elles l'ignoraient.

— « Mais où est la fée? demanda impatiemment la jeune fille.

— Elle est allée chercher son neveu, qu'elle doit ramener ce matin même; et si Votre Altesse veut prendre la peine de se lever et de passer dans son cabinet de toilette, nous lui montrerons la robe que la fée lui a fait préparer pour cette première entrevue. »

« La princesse se leva, et, suivie de ses nouvelles dames d'honneur, elle passa dans son cabinet de toilette, assez curieuse de voir l'habit qui lui était destiné... »

JAVOTTE

Grand'mère, voulez-vous que je vous dise? je n'aime plus du tout Zerbeline.

GRAND'MÈRE

Et pourquoi?

JAVOTTE

Parce qu'elle est beaucoup trop vite consolée de ne plus voir son papa, ni sa maman, ni sa grand'mère, car elle en avait peut-être une aussi! Moi, au lieu de causer avec ces têtes de grenouilles, j'aurais tant pleuré, tant crié, qu'on m'aurait ramenée chez moi.

GRAND'MÈRE, embrassant Javotte.

Toi, tu es un bon petit cœur! Mais en voilà assez pour aujourd'hui, mes chéris : je ne vous en ai jamais dit si long.

Zerbeline prisonnière.

CINQUIÈME VEILLÉE

GRAND'MÈRE

« Nous allons maintenant laisser Zerbeline à sa toilette, et nous retournerons au palais du roi son père et de la reine sa mère pour savoir ce qui s'y était passé depuis son départ... »

PIERRE

Oui, je voudrais bien savoir si on lui a couru après et si quelqu'un a vu le grand corbeau l'emporter !

GRAND'MÈRE

« Précisément, lorsque la dame d'honneur arriva, portant le châle qu'elle était allée chercher, elle fut surprise de ne plus voir la princesse, et encore plus de trouver la grille ouverte, ce qui n'arrivait jamais. Elle appela Zerbeline à grands cris : personne ne répondit ; alors, apercevant un petit berger qui gardait ses moutons hors du parc, elle lui demanda s'il

5

n'avait point vu la princesse : il répondit qu'il n'avait vu qu'un oiseau si grand, si grand, qu'il aurait pu emporter un de ses moutons, et que cet oiseau emportait une petite fille là-haut dans le ciel.

« La dame d'honneur, effrayée de ce récit, courut au palais annoncer la terrible nouvelle, à laquelle personne ne pouvait croire. On fit mander le petit berger, qui répéta au roi et à la reine ce qu'il avait déjà dit à la dame d'honneur. Alors, ne doutant plus de leur malheur et pensant que c'était un méchant tour de la fée Grenouille, Leurs Majestés firent publier à son de trompe dans tout le royaume que celui qui pourrait ramener la princesse Zerbeline chez le roi son père recevrait, s'il était noble, la main de la princesse pour récompense, et s'il n'était qu'un vilain, un million en or monnayé, qui était tout préparé dans les coffres du roi ! »

JAVOTTE

Et qu'aurait-il fait de la main de la princesse, ce noble?...

GRAND'MÈRE

Comment, ce qu'il en aurait fait!...

JAVOTTE

A quoi ça peut-il servir la main d'une princesse?

GRAND'MÈRE, riant.

Cela veut dire qu'on lui aurait donné la princesse pour femme.

PIERRE

Moi j'avais compris!... Mais qu'est-ce que c'est qu'un vilain, grand'mère?

JAVOTTE

C'est un homme qui fait des vilaines choses, n'est-ce pas? Ce n'est pas difficile à comprendre ça.

GRAND'MÈRE

Non, ma petite : c'est un terme qu'on employait autrefois pour désigner les paysans, les ouvriers, les gens du peuple.

JAVOTTE

Ainsi Michel le jardinier aurait été un vilain. Je lui dirai ça, je suis bien sûre qu'il ne le sait pas.

GRAND'MÈRE

Il y a longtemps que cette signification du mot vilain n'est plus en usage, et tu feras aussi bien de n'en rien dire à Michel.

« Aussitôt après la publication faite, on vit accourir de toute part des princes, des chevaliers, des écuyers, des bourgeois, des manants, enfin des gens de toutes les espèces, qui venaient s'informer des détails de la triste aventure de Zerbeline, afin d'entreprendre de la ramener au roi son père; mais ils étaient fort désappointés en apprenant qu'on ne savait autre chose si ce n'est que la princesse avait été enlevée par une sorte d'oiseau de proie. Chacun regardait en l'air, espérant follement y découvrir une trace du passage de l'oiseau; on achetait des lunettes et des télescopes perfectionnés, si bien que les opticiens faisaient fortune et que l'homme qui montrait un grand télescope sur une des places de la ville se retira l'année suivante à la campagne avec trente mille livres de rente gagnées sur les badauds. »

Papa et maman entrent.

PAPA

— Eh bien! la fameuse histoire est-elle bien avancée?

JAVOTTE

Oui, papa : grand'mère en a beaucoup, beaucoup raconté depuis quelques jours.

GRAND'MÈRE

Cela tient à ce que vous n'interrompez presque plus, mes enfants : je vous avais bien dit que, si vous vous donniez la peine d'écouter, vous comprendriez tout.

PIERRE

Oh! grand'mère, ce n'est pas parce que nous comprenons tout que nous ne faisons plus de questions, au contraire : il y a la moitié des mots que vous dites que nous ne comprenons pas, mais ça ne nous fait plus rien.

GRAND'MÈRE, abasourdie.

Comment! ça ne vous fait plus rien?

PIERRE

Non : nous nous sommes dit, moi et Javotte, qu'il faudrait voir si votre histoire nous amuserait quand même, et, comme elle nous amuse, nous ne faisons plus de questions pour qu'elle aille plus vite, voilà tout!

GRAND'MÈRE, déconcertée.

Ah!...

MAMAN, ne pouvant s'empêcher de rire de la déception de grand'mère.

Pauvre mère, ces enfants sont de vrais enfants terribles!

GRAND'MÈRE, riant elle-même de sa déconvenue.

Le fait est que c'est beaucoup plus difficile que je ne croyais de conter une histoire à des enfants en n'employant que des mots qu'ils comprennent.

MAMAN

Console-toi, mère : ton histoire ne leur semble que plus belle.

Les enfants viennent s'asseoir aux pieds de grand'mère, qui commence :

« Plusieurs mois s'étaient écoulés depuis l'enlèvement de Zerbeline, et, malgré d'actives recherches, il avait été impossible à tous, prétendants à sa main ou au million, de découvrir ses traces. Le roi et la reine commençaient à désespérer de jamais revoir leur fille bien-aimée, quand on entendit un beau matin une fanfare extraordinaire résonner dans la grande cour du palais : les trompettes sonnaient un air singulier que personne n'avait jamais entendu. La reine accourut la première sur le balcon, car les femmes ont toujours été plus curieuses que les hommes, et elle vit entrer dans la cour six trompettes montés sur des chevaux blancs et vêtus de brillants uniformes rouge et or; ils étaient suivis de quatre chevaliers montés sur de beaux chevaux gris pommelé et couverts de leurs armures avec leurs casques, visières baissées. »

PIERRE

Ah! moi, je sais ce que c'est : j'ai vu au musée des Invalides des armures et des casques avec la visière baissée; c'est très curieux.

GRAND'MÈRE

« Après les quatre chevaliers armés en guerre venait un jeune homme bien fait, d'une charmante figure, tout vêtu d'un riche costume de velours noir et coiffé d'une toque de même étoffe ornée d'un bouquet de plumes blanches; il montait un cheval noir comme le jais.

« Après avoir pénétré dans la cour, les trompettes cessèrent de sonner, et l'un des chevaliers, se détachant de ses
compagnons, s'avança jusqu'au balcon de la reine, et là il
cria d'une voix forte : « Le chevalier que nous escortons est
« le valeureux prince Zerbelin, fils unique du grand roi d'Hyr-
« canie, qui vient se rendre à l'appel du roi, et prétend sous
« peu ramener la princesse Zerbeline à la cour ».

« En entendant ce discours, la reine, émue de joie, fit bien
vite appeler le roi, qui descendit aussitôt le perron du château pour recevoir le prince d'Hyrcanie. Celui-ci, qui n'était
autre que le chevalier vêtu de velours noir, sauta lestement
à bas de son cheval et voulut baiser respectueusement la
main du roi, lequel s'y opposa, et baisa le prince sur les deux
joues en lui disant : « Soyez le bienvenu, prince Zerbelin : la
« renommée du grand roi votre père est parvenue jusqu'à nous
« dès longtemps, et, si vous lui ressemblez, ma fille ne peut
« avoir un plus vaillant défenseur ». Le roi conduisit aussitôt
le prince à la reine, qui le reçut à merveille, et après quelques
questions : « Comment se fait-il, prince, lui demanda-t-elle,
que vous portiez le même nom que ma fille? — Madame, répondit Zerbelin, j'ai pour parrain le grand enchanteur Merlin,
ami de mon père. Le jour de ma naissance, il accourut près
de moi, et dit : « Cet enfant s'appellera Zerbelin, et la prin-
« cesse qui est destinée à devenir sa femme aura un *e* de plus
« que lui ». Cet oracle assez obscur fut inscrit par mon père
sur ses tablettes d'or. »

JAVOTTE, timidement.

Pardon, grand'mère : je ne comprends pas du tout ce que
ça veut dire « un nez de plus que lui ». Elle avait donc deux
nez cette princesse?

PIERRE, éclatant de rire.

Ah! mon Dieu! quelle moule que cette Javotte! Tu ne comprends pas que Zerbeline ça a un *e* de plus à la fin?

JAVOTTE

De plus que quoi?

PIERRE

De plus que Zerbelin, comprends-tu?

Javotte ne répond pas.

PIERRE

Tu n'as pas compris? Eh bien! tu es joliment bouchée, va!

JAVOTTE, les larmes aux yeux.

Il y a déjà un grand moment que je ne comprends plus rien, parce qu'il y a trop de noms à se rappeler et trop de gens qui viennent..... J'ai écouté tant que j'ai pu, mais ce n'est pas ma faute si...

Les larmes lui coupent la parole.

GRAND'MÈRE

Non, ma chérie : ce n'est pas ta faute, c'est la mienne. J'oublie que je parle à une fillette de six ans. Quant à toi, Pierre, tu t'y prends si mal pour expliquer à ta sœur et tu lui parles si brusquement, que tu l'embrouilles au lieu de l'aider. Viens près de moi, ma mignonne; donne-moi un crayon. Vois-tu, j'écris : Zerbelin.

JAVOTTE, s'essuyant les yeux.

Oui, grand'mère.

GRAND'MÈRE

Eh bien! ajoute toi-même un *e* à la fin, et lis : quel nom cela fait-il?

JAVOTTE, épelant.

Zer-be-li-ne. Ah! je comprends maintenant. C'est que j'avais mal entendu, grand'mère : j'avais entendu un nez. Je ne suis pas bouchée comme tu dis, Pierre : c'est bien laid d'être si méchant pour moi!

PIERRE

Mais c'est pour rire! Tu pleures dès qu'on te dit un mot : il ne faut pas être poule mouillée comme ça. Ah! si tu allais au collège, tu en verrais bien d'autres. Allons ne pleure plus. Tiens, voilà un sucre d'orge que je n'ai pas fini, il y en a encore un long bout. Suce-le, ça te consolera.

JAVOTTE, prenant le sucre d'orge.

Oui, mais il ne faut plus m'appeler moule.

GRAND'MERE

Maintenant que la paix est faite, allez vous coucher, car il est tard.

Le palais de Grenouille.

SIXIÈME VEILLÉE

GRAND'MÈRE

« La reine allait adresser encore quelques questions à Zerbelin, mais le roi lui représenta que le prince arrivait d'un long voyage et devait être fatigué. On le conduisit dans une des plus belles chambres; et, pendant qu'il s'y repose, nous allons revenir à la pauvre Zerbeline, que nous avons laissée depuis longtemps... »

JAVOTTE

Oui, elle allait essayer sa robe.

GRAND'MÈRE

« L'étoffe de cette robe était fort extraordinaire : elle ressemblait à l'eau de la mer lorsqu'on agitait les plis du tissu lamé d'argent sur un fond vert d'eau; mais le plus curieux

était la garniture, qui se composait de trois rangs de petits
crapauds brodés en relief et posés en manière de volants
autour de la jupe, sur les manches et au corsage... »

JAVOTTE, riant.

Quelle drôle d'idée, grand'mère, de garnir une robe avec
des petits crapauds!

GRAND'MÈRE

« Zerbeline fut de ton avis, mais ses dames lui dirent que
c'était une allusion délicate à son futur époux le prince Crapaud. — « Je ne veux pas du tout épouser ce Crapaud, s'écria
« Zerbeline en colère, et je ne mettrai certainement pas cette
« robe toute couverte de ces affreuses bêtes. Qu'on l'emporte
« dans son armoire, et que je ne la voie plus! » Les dames
eurent beau prier et supplier la princesse, elles ne purent la
décider à mettre la robe : elle voulut absolument reprendre
celle qu'elle portait la veille, qui était en simple étoffe blanche.

« Au moment où elle finissait de s'habiller, on entendit un
grand bruit aux portes du palais. « C'est le prince! » dirent
les dames; et, en regardant par la fenêtre, Zerbeline aperçut
un singulier cortège : il se composait du char de la fée Grenouille que nous connaissons déjà et de six chars pareils
contenant les dames de sa cour. A la portière du char de la
fée caracolait son beau neveu, monté sur un énorme phoque
ou veau marin... »

JAVOTTE

Comme ceux du jardin d'Acclimatation?

GRAND'MÈRE

« Oui, seulement il était dressé à porter un cavalier : quand
il nageait, cela pouvait encore aller; mais sur terre, avec ses

courtes pattes et sa démarche pesante, c'était un drôle de
cheval. Le prince, sans se douter du ridicule de sa monture,
se carrait sur son phoque. Il était mis au dernier goût du
jour : pantalon à carreaux, veston serré et boutonné jusqu'au
menton, chapeau à bord retroussé ; enfin il ressemblait à un
palefrenier autant qu'on pouvait le désirer et se trouvait le
plus beau du monde. Son embonpoint excessif, sa taille
ramassée, le faisaient paraître encore plus petit qu'il n'était ;
ajoutez à cela un laid visage, rappelant à s'y méprendre l'animal dont il portait le nom.

« Ah ! certes ! s'écria Zerbeline, je n'épouserai jamais ce
monstre-là.

— Hélas ! murmura une des dames à têtes de grenouilles,
comment faire pour l'éviter ?

— Je n'en sais rien, dit la princesse, mais j'aimerais mieux
mourir !... »

« Au même instant, la porte s'ouvrit et la fée Grenouille
elle-même pénétra dans la chambre.

« Eh bien ! où est-elle cette petite fille ? Comment se fait-il
qu'elle ne soit pas venue au-devant de nous ? C'est probablement votre faute, dit-elle en s'adressant aux dames à têtes de
grenouilles. En entendant ces mots, Zerbeline sortit de son
cabinet de toilette, et, faisant une révérence polie à la fée,
car elle était fort bien élevée, elle lui dit : « Non, madame
la fée, ce n'est point la faute de ces dames, c'est la mienne :
je ne savais pas qu'il fût d'usage qu'une jeune personne allât
au devant d'un jeune cavalier. On ne m'a point appris cela à
la cour du roi mon père !

— Oui dà ! ma mie, répondit la fée, un peu embarrassée de
cette réponse : vous raisonnez bien hardiment, ce me semble,
et ce n'est pas la timidité qui vous gêne. Soit, mais hâtez-

vous un peu de vous habiller, afin d'être présentée au prince
mon neveu. — Je suis prête, Madame, et point n'est besoin
de m'habiller davantage, dit Zerbeline.

— Oh, oh ! voilà du nouveau ! Est-ce que cette petite fille
aurait l'intention de me tenir tête ? s'écria Grenouille en
colère. Holà ! mes femmes ! accourez ici. » A cet appel les
quatre suivantes de la fée se présentèrent aussitôt : c'étaient
des négresses hautes de six pieds, aux cheveux crépus, aux
dents blanches et aux yeux brillants comme des charbons.
« Que voulez-vous de nous, maîtresse ? demandèrent-elles. —
Prenez-moi cette petite fille, déshabillez-la de force, et passez-
lui bien vite la robe couleur de mer et brodée de crapauds
que je lui ai fait faire : si elle résiste, voilà une baguette qui
en aura raison. » Et, en disant cela, la méchante fée leva sa
baguette pour en menacer Zerbeline. Les négresses s'em-
pressèrent de saisir la princesse, et, pendant que deux d'entre
elles la retenaient fortement, les deux autres dégrafaient sa
robe. Au moment où elles la lui ôtèrent, quelque chose
glissa de la poche et vint rouler sur le parquet. Une des
négresses qui tenaient Zerbeline se baissa pour ramasser cet
objet ; mais la princesse, prompte comme l'éclair, s'échappa
des mains de l'autre négresse et s'empara de la précieuse bonbonnière, car c'était elle qui venait de tomber. Elle l'ouvrit,
et, au moment où Grenouille, furieuse, allait la frapper de sa
terrible baguette, elle avala rapidement une des perles roses,
et soudain disparut à tous les yeux : elle était devenue invisible... »

JAVOTTE

Ah ! quel bonheur ! mon Dieu ! Je croyais que cette horreur de Grenouille allait l'assommer. Mais comment fit-elle
pour devenir invisible ?

GRAND'MÈRE, souriant.

Ah! pour cela, je ne puis pas te le dire : c'est le secret des fées.

PIERRE

Moi, si j'étais devenu invisible, à la place de Zerbeline, j'aurais arraché la baguette de Grenouille, et je lui aurais donné de bons coups sur la tête pour l'étourdir ; et puis j'aurais pris mes jambes à mon cou, et j'aurais couru sans m'arrêter jusqu'au royaume de mon père.

GRAND'MÈRE

Tu oublies qu'elle était dans une île et qu'on n'a pas trouvé jusqu'à présent le moyen de traverser les rivières à pieds secs.

JAVOTTE

Tu vois, Pierre, tu dis des bêtises, et je ne t'appelle pas moule pour ça.

GRAND'MÈRE

Comment! tu gardes rancune si longtemps, Javotte? Je croyais que tu avais tout oublié en suçant le sucre d'orge.

JAVOTTE

Ah! c'est vrai : je ne me rappelais plus le sucre d'orge.

GRAND'MÈRE

« Zerbeline était devenue invisible sans s'en douter, mais elle s'en aperçut bien vite en voyant les négresses stupéfaites regarder de tous côtés pour la découvrir.

« Grenouille, en fureur, s'écria : « Ah! je reconnais bien là un tour de la fée Lumineuse, mais sa protégée me le paiera cher! » En attendant, pour décharger sa colère sur quelqu'un, elle se mit à battre ses négresses comme plâtre. Au milieu de cette occupation, le prince Crapaud, étonné de ne plus voir reparaître sa tante et impatient de connaître la princesse qu'on lui destinait pour femme, vint frapper à la porte. « Qui vient là ? cria Grenouille d'une voix irritée.

— C'est moi, votre neveu, répondit le prince Crapaud.

— Entrez, entrez, mon neveu, dit la fée ; vous allez faire une jolie découverte et avoir une charmante entrevue : votre fiancée a disparu ! » Le prince étant entré, toutes les femmes sortirent, et sa tante lui raconta ce qui venait de se passer, en ajoutant : « Elle s'en repentira, la malheureuse : elle restera borgne jusqu'à la fin de ses jours, car je la défie bien de retrouver son œil là où je l'ai caché. — Comment ! s'écria le prince, cette Zerbeline que vous me vantiez tant n'a qu'un œil ? Mais vous ne me l'aviez pas dit, ma tante ! — Je voulais, pour mon cadeau de noces, lui rendre celui que je lui ai enlevé, et, dans le cas où cette péronnelle aurait fait quelques difficultés pour t'épouser, je pensais que ce présent lèverait tous les obstacles.

— Mais, ma tante, dit Crapaud, mécontent, vous supposiez donc que cette jeune fille ne serait pas trop heureuse d'épouser un homme de ma sorte ? C'est fort désobligeant pour moi ! » Ici un éclat de rire se fit entendre derrière Crapaud, qui se retourna vivement et ne vit personne. « Bah ! bah ! fit Grenouille en colère, et qui n'avait pas entendu l'éclat de rire parce qu'elle était un peu sourde, bah ! un homme de ta sorte n'est pas si difficile à trouver, et si tu n'avais pas une tante comme moi... » Un second éclat de rire plus bruyant que le premier partit aux oreilles de Grenouille. « Comment, insolent ! tu me ris au nez ? dit-elle à Crapaud, stupéfait. — Mais non, ma tante, je n'ai point envie de rire, bien au contraire, fit le prince : c'est vous qui avez ri tout à l'heure, et même assez mal à propos ! »

« Il n'avait pas fini de parler qu'il sentit un soufflet bien
appliqué sur sa joue gauche. Outré de colère, il saisit le bras
de sa tante avec violence, et lui dit : « Madame, vous ne m'en
donnerez pas un second, car je ne le souffrirai plus ! » Comme
il disait ces mots, la fée Grenouille recevait un croc-en-
jambe qui la faisait tomber sur le nez. « Ah ! monstre !
hurla la fée en se relevant, tu as osé porter le pied sur ta
tante ? — Comment le pied ? Je vous ai pris par le bras pour
vous empêcher de me donner un second soufflet, et puis vous
vous êtes jetée par terre. — Misérable ! hurla la fée Grenouille, tu oses soutenir que je t'ai donné un soufflet et que
je me suis jetée moi-même par terre, lorsque c'est toi qui
viens de me donner un si furieux croc-en-jambe que je suis
tombée sur le nez ! Je ne sais ce qui me retient de t'étrangler
de mes propres mains. » — « Étrangle ! étrangle ! » cria une
voix moqueuse tout près d'eux. « Entendez-vous cette fois-ci ?
dit Crapaud : je commence à comprendre que nous sommes
les jouets de cette impertinente Zerbeline ; tâchons de nous
en emparer. Fermons d'abord les portes à clef pour qu'elle
ne puisse pas nous échapper : elle a beau être invisible,
nous finirons bien par la saisir. »

« Pendant que Crapaud allait lourdement fermer une des
portes, Zerbeline, car c'était bien elle qui leur jouait ces
vilains tours, s'esquiva lestement par l'autre. Elle venait à
peine de sortir qu'elle entendit la clef grincer dans la serrure :
le prince la mit dans sa poche et commença ainsi que sa tante
une course effrénée dans toute la chambre ; mais, au lieu de
saisir la princesse, quand ils lançaient au hasard les bras en
avant comme dans un colin-maillard, ils s'accrochaient à
quelques meubles, ou s'empêtraient dans les rideaux et les

portières. Crapaud suait sang et eau. Tout à coup ils se heur-
tèrent si fort l'un contre l'autre qu'il leur poussa incontinent
une énorme bosse au front. Zerbeline, qui assistait à cette
chasse en regardant par le trou de la serrure, fit de tels
éclats de rire, que la tante et le neveu les entendirent.

« — Elle se moque encore de nous, l'effrontée ! s'écria
Grenouille. Ah ! quand elle tombera en mon pouvoir, il n'y aura
pas de supplice assez grand pour la punir. Mais viens, Crapaud, allons faire panser nos bosses : je possède pour cela un
baume souverain. — Allons, ma tante, répondit piteusement
Crapaud, qui n'en pouvait plus : je crois que je suis à moitié
mort ! »

PIERRE, joyeux.

Je voudrais qu'il soit mort tout à fait !

JAVOTTE, frappant dans ses mains.

Oh ! que l'histoire est jolie aujourd'hui, et comme je
m'amuse ! Grand'mère, je voudrais qu'elle durât toujours
comme ça.

GRAND'MÈRE

Toujours, ce serait un peu long, et je t'avertis que nous
approchons de la fin.

PIERRE ET JAVOTTE, ensemble.

Oh ! ne la faites pas finir encore, grand'mère, je vous en
prie.

GRAND'MÈRE

Nous verrons, nous verrons.

L'Île verte.

SEPTIÈME VEILLÉE

GRAND'MÈRE

« La chasse à laquelle s'étaient livrés la fée et son neveu avait beaucoup diverti Zerbeline ; mais, après leur départ, elle songea tristement à ce qu'elle venait d'apprendre au sujet de son œil. — « On m'a donc trompée, se disait-elle, et ce morceau de taffetas noir cache une difformité : la dame à tête de grenouille avait raison, j'ai été la victime de cette méchante fée, qui a emporté mon œil !

« Il paraît que c'est affreux d'être borgne, puisque le prince Crapaud disait qu'une jeune fille borgne devait être trop heureuse de l'épouser. Comment faire maintenant pour savoir où Grenouille a caché mon œil et le lui reprendre ? »

Au moment où Zerbeline faisait ces amères réflexions,

7

elle entendit un léger bruit et aperçut une souris prise dans
une souricière : elle approchait sa petite tête des barreaux
et semblait la regarder comme pour implorer sa liberté. Ses
yeux noirs étaient si vifs et elle tendait son petit museau en
l'air d'une façon si gentille que Zerbeline, loin d'en avoir
peur, comme beaucoup de gens que je connais, prit la souricière et délivra la souris.

JAVOTTE

Grand'mère, je crois que c'est moi, les gens que vous
connaissez.

GRAND'MÈRE, souriant.

Je le crois aussi. — « La souris, au lieu de s'enfuir, se
laissa prendre, et Zerbeline lui dit en la tenant dans sa main :
« Comment as-tu fait pour me regarder si gentiment, petite
souris : je ne suis donc pas invisible pour toi? » La souris, au
lieu de répondre, s'échappa de la main de Zerbeline et se glissa
prestement dans sa poche. Là, elle se mit à gratter la bonbonnière de toutes ses forces, comme si elle voulait l'ouvrir.
La princesse, étonnée, prit la souris et la bonbonnière, et
les posa sur une table, curieuse de voir ce qui allait se passer.

« La souris s'efforça d'ouvrir la bonbonnière avec ses pattes
et son museau, mais elle ne put y parvenir. Alors elle regarda Zerbeline avec des yeux suppliants, comme pour lui
demander de le faire : celle-ci ouvrit la boîte, et, avant qu'elle
eût le temps de l'empêcher, la souris attrapa une perle rose
et la croqua. Zerbeline jeta un cri, car elle savait qu'une fois
les trois perles disparues, elle ne pourrait plus invoquer le
pouvoir de Lumineuse, et son premier mouvement fut de
maudire la souris; mais elle réfléchit que la pauvre bête avait
probablement grand'faim, et, au lieu de lui faire du mal, elle

lui dit : « Ah! petite souris, tu ne sais pas ce que tu viens
de faire et quel trésor tu m'as dérobé en croquant ma perle
rose ! Je pourrais t'en punir en te remettant dans la souricière; mais la méchante Grenouille te ferait tuer, et je ne
veux pas ta mort. »

« Pendant que la princesse parlait ainsi, il lui sembla voir
flotter devant elle une ombre indécise qui, prenant peu à
peu une forme distincte, offrit enfin à ses yeux la figure d'une
jeune femme vêtue de satin gris de la tête aux pieds :
« Merci, Madame, dit-elle d'une voix douce, vous m'avez
sauvé la vie. Je me nomme Grisette : la fée Lumineuse m'a
envoyée ici pour chercher à vous sauver. Le pouvoir de
Grenouille étant absolu dans son île, sauf d'onze heures à
minuit, la chose était fort difficile. Cependant Lumineuse
me donna son petit bateau enchanté qui vogue tout seul,
et me recommanda de ne débarquer qu'à l'heure qui précède minuit. J'arrivai juste à ce moment-là, et je me cachai
jusqu'au matin dans les roseaux qui bordent le grand étang.
Quand on vit clair, je gagnai un petit bois de saules plus
rapproché du palais pour tâcher d'y pénétrer et d'aviser avec
vous au moyen d'assurer notre fuite à l'heure bienheureuse
où Grenouille perd son pouvoir; mais, au moment où je me
glissais dans votre cabinet de toilette, une de ses maudites
négresses m'aperçut : « Que viens-tu faire ici, jeune fille au
visage blanc? me dit-elle, et qui t'a rendue si hardie que
d'oser pénétrer dans le palais de la fée de l'Ile-Verte? » Je
n'eus pas le temps de répondre, car Grenouille entra.

« Ho! ho! dit-elle, belle dame grise, vous me faites l'effet
d'être la messagère dont je viens d'apprendre l'arrivée par mon
grimoire. » Et, me frappant sur l'épaule avec sa baguette :
« Deviens souris, me dit-elle, puisque tu aimes tant le gris, et

qu'on appelle sur l'heure mon chat Raminagrobis, pour
qu'il te mange à la croque-au-sel ! »

« En effet, je me sentis diminuer rapidement et prendre la
forme d'une souris. A peine étais-je ainsi transformée que je
vis un gros chat aux yeux féroces qui, se ramassant sur lui-
même, se préparait à bondir sur moi. Plus morte que vive,
je me jetai au hasard dans une boîte entr'ouverte près de moi.
Hélas ! c'était une souricière ! L'arrivée du prince Crapaud
détourna l'attention de la fée : elle crut que son chat m'avait
dévorée, et je restai blottie dans ma souricière, sans oser re-
muer, jusqu'au moment où vous m'avez délivrée.

« Mais ne perdons pas une minute, princesse, et, pendant
qu'on applique du baume sur les bosses de la fée et de son
neveu, hâtons-nous de fuir, car c'est pour pouvoir vous em-
mener que j'ai eu l'audace de croquer votre perle rose, dont
je connaissais la vertu... »

JAVOTTE

Quelle vertu, grand'mère?

GRAND'MÈRE

Celle de lui rendre sa première forme : elle n'aurait pas pu
délivrer la princesse en restant souris. — « Zerbeline, qui connaissait l'appartement mieux que sa nouvelle amie Grisette,
rentra avec elle dans la chambre que la fée venait de quitter;
traversant rapidement la petite serre, elle ouvrit la porte qui
donnait sur le jardin, et, toujours courant, elles parvinrent
toutes deux à gagner la campagne ; elles arrivèrent dans le
bois de saules, et, se cachant dans le plus épais du fourré, elles
commencèrent à respirer. « Attendons ici l'heure qui précède
minuit, dit Grisette : j'ai attaché mon petit bateau enchanté dans
les roseaux tout auprès, il nous sera facile de le retrouver. »

Laissons-les bien cachées dans leur abri et arrêtons-nous un peu, car je suis fatiguée.

JAVOTTE, courant chercher des coussins.

Tenez, grand'mère, mettez celui-là derrière votre dos et celui-ci sous vos pieds, et puis reposez-vous bien.

PIERRE, traînant une petite table.

Voilà la table et vos cartes à patiences, si vous voulez en faire une. Nous allons regarder des images jusqu'à ce que Jane vienne : comme ça nous ne vous fatiguerons pas.

GRAND'MÈRE

Non, mes chéris, vous êtes de gentils petits compagnons ; j'ai la migraine, mais je vais continuer.

(Un silence.)

« Retournons maintenant au palais du père de Zerbeline. Le roi et la reine ne voulurent point presser de questions le prince Zerbelin dès le jour de son arrivée ; mais le roi resta fort tard à causer dans la chambre de la reine, cherchant quel pouvait être le plan formé par Zerbelin pour retrouver leur fille. « Dès le matin, il se présenta chez le roi et lui dit : « Sire, je viens prendre congé de Votre Majesté, car il n'y a pas une minute à perdre pour la délivrance de la princesse. Je voulais, avant de l'entreprendre avoir votre agrément, et, comme vous daignez m'accepter comme prétendant à la main de Mademoiselle Zerbeline, il ne me reste plus qu'à chercher à mériter ses bontés et à l'obtenir d'elle-même. — Mais, prince, dit la reine, étonnée, vous parlez de la princesse comme s'il n'y avait qu'à l'aller chercher tout à l'heure et la ramener tranquillement montée sur une belle haquenée blanche ! Vous savez donc où elle est ?

— Ceci, répondit Zerbelin, est un secret que je ne puis révéler; mais j'espère que le succès ne tardera pas à couronner mon entreprise et que je ramènerai bientôt la princesse sur une haquenée blanche... ou noire, car je suppose que ce détail importe peu à Votre Majesté. »

JAVOTTE

Grand'mère, quelle bête est-ce une haquenée? Est-ce un âne?

GRAND'MÈRE

Non, c'est le nom qu'on donnait autrefois à une jument, et, comme cette histoire s'est passée il y a très longtemps, le prince et la reine employaient les mots dont on se servait alors.

JAVOTTE

C'est bien heureux qu'on ne s'en serve plus, car on n'y comprend rien. Ainsi quand vous avez dit : « Tranquillement montée sur sa haquenée », ça avait tout à fait l'air d'être un âne; n'est-ce pas, Pierre?

PIERRE

Non, moi j'ai cru que c'était un chameau; mais ça ne fait rien, j'ai bien compris qu'elle était montée sur quelque chose.

GRAND'MÈRE, impatientée.

Votre manie d'éplucher chaque mot est insupportable; vraiment, je commence à avoir de cette histoire par-dessus la tête!

PIERRE, bas à Javotte.

Grand'mère a quelque chose aujourd'hui.

JAVOTTE, bas.

C'est sûr.

GRAND'MÈRE

Qu'est-ce que vous marmottez?

PIERRE

Rien, grand'mère.

GRAND'MÈRE

Où en étais-je?

JAVOTTE

Vous en étiez au bétail.

GRAND'MÈRE

Qu'est-ce que tu dis?

JAVOTTE

Je dis où vous en étiez, au bétail.

GRAND'MÈRE

Je n'ai jamais parlé de bétail! En vérité, je ne sais pas ce que vous avez aujourd'hui : c'est à renoncer à vous raconter quoi que ce soit! Et à quel propos voulez-vous que j'aie parlé de bétail?

PIERRE

Dame! je ne sais pas, moi! mais Javotte a raison. Vous avez dit : « La haquenée est un bétail qui importe peu à Votre Majesté. »

GRAND'MÈRE

Ah! voyez comme vous entendez de travers; j'ai dit : un détail qui importe peu...

PIERRE

Nous avons entendu bétail.

GRAND'MÈRE, impatientée.

Mais bétail n'a aucun sens! Il faut réfléchir avant de dire

une pareille bêtise. Des enfants qui discutent sur tout comme vous le faites sont insupportables !

JAVOTTE, naïvement.

Grand'mère, vous disiez tout à l'heure que nous étions de gentils petits compagnons, et puis maintenant vous nous trouvez insupportables. Je crois que c'est parce que vous avez la migraine que nous vous fâchons : il vaut mieux attendre que vous soyez guérie pour finir l'histoire.

GRAND'MÈRE, radoucie.

C'est possible; enfin laissez-moi tranquille, et allez jouer dans la salle à manger.

Les enfants passent dans la salle à manger et emmènent Tristan avec eux. Au bout de quelques instants, on entend des cris plaintifs.

GRAND'MÈRE, se levant et ouvrant la porte.

Eh bien ! que faites-vous à Tristan maintenant?

JAVOTTE

Oh ! rien, grand'mère : nous lui arrachons tout doucement les poils, ça va être fini.

GRAND'MÈRE

Et pourquoi lui arrachez-vous les poils?

PIERRE

C'est Javotte qui veut lui prendre une côte pour lui faire une femme.

JAVOTTE

Mais oui, grand'mère ! Papa disait à dîner : « C'est dommage que ce chien n'ait pas une femme pareille à lui »; moi je voulais essayer, comme pour Adam [1].

1. Cette conversation est absolument vraie, c'est un de nos neveux qui a tenu ce propos.

GRAND'MÈRE, riant.

Je crois que tu ne réussiras pas, ma pauvre Javotte. Laisse Tristan tranquille, nous lui trouverons une femme un autre jour.

Les enfants s'en vont désappointés.

Tristan et sa petite femme.

8

Le bon cheval Vaillant.

HUITIÈME VEILLÉE

Les enfants sont allés dès le matin chez grand'mère, pour savoir si sa migraine était passée. Ils la trouvent bien portante, et elle les embrasse plus tendrement encore que de coutume. Aurait-elle quelque tort à réparer? Non, les grand'mères n'ont jamais tort! Le soir, après dîner l'histoire recommence :

GRAND'MÈRE

« Après avoir pris congé du roi et de la reine, le prince partit, n'emmenant avec lui qu'un seul écuyer; il chemina quelque temps sans ouvrir la bouche, car il était fort silencieux, puis il tira de sa poche une petite boussole et chercha à s'orienter. « J'y suis, dit-il après un instant de réflexion : voici le chemin qui conduit à l'île Verte. » Et il tira la bride de son cheval pour le faire tourner à gauche; mais la bête se mit à hennir et s'arrêta court.

— « Eh bien! que t'arrive-t-il, mon brave Vaillant, dit le prince : serais-tu déjà fatigué? » Vaillant, semblant comprendre ce que lui disait son maître, se mit à faire des sauts et des bonds qui auraient désarçonné un moins habile cavalier et qui n'annonçaient pas la moindre fatigue. Ce cheval était un cadeau que le prince avait reçu de son parrain; il était doué d'une intelligence merveilleuse et devinait pour ainsi dire les intentions de son maître.

« Le grand Merlin, consulté par son filleul au moment d'aller délivrer Zerbéline, lui avait fait entre autres recommandations celle de laisser suivre à son cheval le chemin qu'il voudrait prendre. Zerbelin se souvint du conseil en voyant la résistance de l'animal, et, laissant flotter la bride sur son cou, il lui dit: « Eh bien! soit! Vaillant: allons où tu voudras. » Aussitôt la bête partit au galop dans une direction opposée à celle que le prince voulait suivre.

« La rapidité de son allure était telle qu'au bout d'une demi-heure l'écuyer était complètement distancé. Le prince voulut en vain s'arrêter pour l'attendre : cela lui fut impossible; il comprit que son écuyer ne devait pas le suivre et que la mystérieuse entreprise devait être tentée par lui seul. Il s'aperçut seulement alors que deux grandes ailes avaient poussé sur le dos de Vaillant.

« Cette course effrénée dura jusqu'au soir. La nuit approchait quand le prince, exténué de fatigue, arriva dans un épais marécage où son cheval entra jusqu'au poitrail; la vigoureuse bête parvint à le traverser au prix des plus grands efforts, et Zerbelin se trouva en face d'une vaste habitation de construction bizarre.

« Cette demeure se composait d'un seul rez-de-chaussée, dont les murs étaient transparents et construits avec des

ronds de verre épais et verdâtres tout à fait semblables à des
fonds de bouteilles. Le toit plat était creusé au milieu, et for-
mait une sorte de bassin plein d'eau, entouré d'une bordure
de mousse. Des coassements sourds partant de cette espèce
de terrasse rompaient seuls le profond silence qui régnait dans
ces lieux mélancoliques... »

JAVOTTE, bas à Pierre.

Qu'est-ce que c'est que des lieux mélancoliques ?

PIERRE, bas à sa sœur.

C'est peut-être l'endroit qu'on ne dit pas...

JAVOTTE, tout bas.

Ah! oui!

GRAND'MÈRE, continuant.

« En s'approchant davantage, le prince vit, à droite et à
gauche de la porte d'entrée, deux énormes crapauds de
bronze avec de grands yeux verts d'émeraude et une gueule
béante qui semblait prête à l'engloutir. Surpris de l'apparence
étrange de cette demeure, il resta quelques minutes immobile
à la regarder ; mais bientôt il se décida à appeler, pour savoir
si cette maison singulière était habitée : il eut beau crier,
personne ne répondit.

« Alors il descendit de cheval et se dirigea vers la porte,
qui, semblable aux murs, était en fonds de bouteilles ; il
essaya vainement de l'ouvrir : elle n'avait pas de serrure et
résistait à tous ses efforts. Il commençait à désespérer, quand
il vit Vaillant frappant la terre de son pied avec persistance
devant le crapaud qui était à droite de la porte. Il s'approcha
de l'endroit que le cheval semblait désigner : Vaillant poussa
un petit hennissement joyeux, et Zerbelin aperçut au fond

de la gueule ouverte du crapaud une toute petite clef qui y
était déposée : il la prit, et, examinant avec plus de soin la
porte, il vit un trou presque imperceptible ; la petite clef y
entra sans difficulté, et la porte s'ouvrit.

« En pénétrant dans l'appartement, le prince fut saisi par
une humidité effroyable, qui s'expliquait facilement, car au
milieu de chaque pièce il y avait un bassin bordé de mousse
comme celui du toit. Après avoir traversé une partie de l'appartement, Zerbelin se mit à éternuer de si belle façon qu'on
eût pensé qu'il venait d'épuiser toute une tabatière de tabac
d'Espagne.

« Le bruit qu'il fit en éternuant réveilla deux laquais. Ils
se levèrent brusquement de leurs banquettes : « Qui pénètre
ainsi dans le palais du prince Crapaud ? » crièrent-ils d'une
voix enrouée par le sommeil. — « Ah ! cela s'appelle un
palais ? fit tranquillement le prince : je suis aise de l'apprendre, car j'aurais cru que c'était une cave ; mais s'il appartient
à un crapaud, tout s'explique. »

— « Parlez avec plus de respect du maître de ce palais, dit
un des laquais, et sachez qu'il est, non pas un crapaud, mais
le prince des Crapauds. — Je n'y vois pas grande différence,
dit Zerbelin sans s'émouvoir, et cela m'importe peu ; mais
venons au plus pressé. Je me suis égaré dans ces marécages,
où mon cheval a failli périr ; il est trop tard pour regagner
un autre gîte : pouvez-vous me loger et me donner à souper ?
car je meurs de faim ; vous n'aurez pas à vous repentir de
m'avoir rendu service. » En parlant ainsi, le prince jeta aux
laquais une bourse pleine d'or.

« Ils la regardèrent émerveillés, car leur maître ne les
avait pas habitués à de pareilles largesses, et l'un d'eux
répondit : « Monseigneur, notre maître est absent pour

quelques jours : il est parti, emmenant toute sa suite, sauf
son cuisinier et ses marmitons; et si Votre Altesse veut souper et passer ici la nuit, nous n'y voyons pas d'inconvénient.
Nous la prierons seulement de ne point en parler, car il nous
est sévèrement défendu de laisser pénétrer ici un étranger. »
— « C'est convenu, dit Zerbelin; mais n'y aurait-il pas
moyen de faire du feu et d'y voir clair? car on se croirait
dans un tombeau. » — Les laquais parurent fort troublés de
cette demande, et dirent, après quelques hésitations : « Monseigneur, il est impossible de vous satisfaire, car il n'existe
qu'un seul appartement où l'on puisse allumer des flambeaux
et du feu : c'est celui qui vient d'être préparé pour la future
épouse du prince Crapaud.

— Ah! fit négligemment Zerbelin, votre prince se marie?
Et comment se nomme la grenouille qu'il épouse? — Il n'é-
pouse point une grenouille, Monseigneur, mais bien la princesse Zerbeline, qu'il est allé chercher. »

« A ce nom, Zerbelin tressaillit, mais il réprima ce premier
mouvement, et, tirant de sa poche une autre bourse aussi
bien garnie que la première, il dit avec calme : « Allons!
conduisez-moi dans cet appartement ». — Les laquais ne
résistèrent pas, et, pensant que leur maître ne pourrait savoir
que quelqu'un avait logé dans l'appartement de sa future
épouse, ils conduisirent Zerbelin dans un joli pavillon attenant
au château et meublé avec une recherche de mauvais goût.
On voyait partout le chiffre de Zerbeline enlacé avec celui de
Crapaud, ce qui déplut fort au prince; mais il dissimula son
dépit et s'établit dans la pièce destinée aux dames d'honneur.

« Bientôt un grand feu flamba dans la cheminée; on alluma
les torches de cire, et le cuisinier parut pour prendre les
ordres du noble étranger, sur la générosité duquel les laquais

n'avaient pas manqué de s'étendre : — « Son Altesse désire-
t-elle goûter à la cuisine ordinaire du prince notre maître?
ou préfère-t-elle la cuisine française? Je suis également habile
à confectionner l'une et l'autre. — En quoi consiste celle du
prince votre maître, demanda Zerbelin? — Elle ressemble
fort à celle de ses sujets : voici un menu qui pourra en donner une idée à Votre Altesse, dit le maître-queux. »

« Zerbelin prit le menu, et lut :

POTAGE

Purée de fines herbes de marais à l'eau croupie.

HORS-D'ŒUVRE

Petits limaçons frais éclos.
Œufs de grenouille en salade.

ENTRÉES

Chenilles frites à l'huile.
Timbale de vers blancs à la béchamel.

ROTI

Limaces grasses à la brochette.

« Le prince n'acheva pas, et, rendant le menu au cuisinier :
« Je préfère la cuisine française, dit-il : allez, et dépêchez-
vous. » — Une nouvelle bourse qu'il lui jeta appuya cette
recommandation, et le chef se retira en faisant force révé-
rences. »

PIERRE

Il était donc bien riche, ce prince Zerbelin, qu'il pouvait toujours tirer de sa poche des bourses pleines d'or?

GRAND'MÈRE

Son parrain, le grand Merlin, lui en avait donné une pour

cadeau de baptême, en disant : « Chaque fois qu'elle sera vide, une nouvelle viendra la remplacer ».

PIERRE

C'est bien agréable d'avoir un parrain comme ça; penses-tu, Javotte, tout ce que nous achèterions avec ces bourses?

JAVOTTE

Oh! oui! Et puis nous en donnerions aussi aux petits pauvres; je les mènerais à Guignol, les petits pauvres : ça les amuserait joliment!

PIERRE

C'est vrai, ils ont toujours l'air d'avoir si envie d'entrer dans la corde!

GRAND'MÈRE

Mais il n'y a pas besoin d'une bourse pleine d'or pour se passer cette fantaisie!

PIERRE

C'est vrai, je n'y avais jamais pensé. Nous en ferons entrer deux dimanche : veux-tu, Javotte?

JAVOTTE

Oui, deux chacun : ça fera quatre.

Jane entre à l'instant et emmène les enfants.

NEUVIÈME VEILLÉE

GRAND'MÈRE

Laissons Zerbelin souper à son aise, et voyons ce qui se passe chez la fée Grenouille.

JAVOTTE

Oh! oui, grand'mère, voyons comment vont ses bosses!

GRAND'MÈRE

« Après avoir frotté leurs fronts avec du baume, et s'être fait appliquer des compresses, la fée et son neveu allèrent s'enfermer dans le cabinet où Grenouille avait l'habitude de consulter son grimoire. Le précieux livre était attaché par une chaîne d'or à la table; une petite serrure d'or la fermait hermétiquement : la fée tira la clef de sa poche, l'ouvrit, puis elle mit ses lunettes sur son nez, et lut pendant quelques minutes.

« Les pages, qui étaient toutes blanches, se couvraient de mots à mesure qu'elle lisait, car, Grenouille n'étant qu'une

9

fée de seconde classe, elle ne pouvait connaître que le passé
et le présent : les fées de première classe possédaient seules
des grimoires qui disaient l'avenir.

« Oh! oh! s'écria Grenouille, voilà du nouveau! Mon chat
n'a point mangé Grisette : elle s'est enfuie avec l'insolente
Zerbeline. Elles se croient bien cachées dans le bois de
saules et forment le projet de traverser l'eau ce soir dans un
bateau enchanté! nous allons bien les en empêcher! Mais
voyons ce qui se passe à la cour du roi des Mines-d'Or : je
pense qu'ils ont renoncé à l'espoir de jamais retrouver leur
fille. »

Tout en lisant, le visage de la fée s'assombrissait. « Que
vois-je? dit-elle tout-à-coup, le prince Zerbelin s'est présenté
pour délivrer la princesse! Quoi! il est le filleul de l'enchanteur Merlin! Ah! diable! diable! voilà qui va nous donner du
fil à retordre... Voyons quelle route il a prise... Mais il est
chez vous, mon neveu... Il y est installé dans l'appartement
de Zerbeline. Ah! voilà une maison bien gardée, sur ma foi,
et de fidèles serviteurs! Je l'ai toujours dit, Crapaud, vous
n'êtes qu'une bête! — Mais, ma tante, s'écria le prince,
offensé... — Il n'y a pas de « Mais ma tante, » il faut partir
immédiatement avec toute votre suite et vous emparer de
Zerbelin. » Elle siffla : aussitôt une négresse apparut : « Qu'on
prépare sur-le-champ mes équipages! » dit-elle.

— Mais, ma tante..., reprit Crapaud, d'un ton plaintif. —
Encore un mais! Vous préférez peut-être remonter sur votre
phoque pour rester quinze jours en route? — Mais, ma tante,
gémit encore Crapaud, je n'ai rien mangé depuis hier au soir.

— Bah! bah! vous attraperez quelques mouches en
route et vous les croquerez, cela suffit. Quant à moi, je me
charge des deux fuyardes, et je mettrai bon ordre à leur

départ. » — Crapaud savait qu'avec sa tante il n'y avait pas
à répliquer : il monta donc dans son char, et partit avec sa
suite au triple galop des bons crapauds de Grenouille… »

PIERRE

S'il pouvaient le jeter par terre!

GRAND'MÈRE

« Pendant que cela se passait, Zerbeline et Grisette, cachées
dans leur bois de saules, attendaient avec impatience l'heure
de s'embarquer; mais, comme il était à peine midi, elles
avaient du temps à attendre et se mirent à causer. Grisette
apprit à Zerbeline tout ce qui s'était passé à la cour du roi
son père depuis son départ, sans omettre la visite du prince
Zerbelin, dont elle fit le plus charmant portrait.

« Ce récit rendit la princesse fort rêveuse : elle pensa que
ce prince si beau et si bien fait la trouverait probablement
fort laide s'il la voyait jamais, et, sans savoir pourquoi, cela
l'affligeait extrêmement.

« Elle s'écria tout à coup : « Maudite Grenouille! ne pour-
rai-je donc jamais savoir où tu as mis mon œil? — Je crois,
répondit Grisette, que vous le saurez un jour, si nous parve-
nons à nous échapper cette nuit. »

« Au milieu de cette intéressante conversation, elles commencèrent à s'apercevoir que, comme Zerbelin et comme
Crapaud, elles mouraient de faim, et qu'il n'y avait guère d'espoir de trouver à se nourrir dans leur bois. — « Qu'à cela ne
tienne! dit Zerbeline, toujours avisée : je vais courir jusqu'au
palais de la fée, et je rapporterai quelques provisions dans
mes poches : je ne risque rien, puisqu'on ne me voit pas. »
Grisette, qui était affamée, trouva l'idée excellente, et la princesse partit.

« Elle pénétra sans difficulté dans la cuisine de la fée, et, ayant aperçu un panier dans un coin, elle le prit; puis, voyant sur la table une belle poularde froide, apprêtée pour le déjeuner de Grenouille, elle s'en empara lestement; elle y joignit des petits pains et des fruits, sans oublier une bouteille de vieux bordeaux. Très satisfaite de son expédition, elle repartait pour le bois, quand elle rencontra dans le jardin de la fée les deux dames à têtes de grenouilles, qui parlaient avec animation et prononçaient son nom... »

JAVOTTE

Pardon, grand'mère, voudriez-vous nous dire si le panier et la poularde étaient devenus invisibles?

GRAND'MÈRE

Oui, sans doute.

JAVOTTE

A la bonne heure, car si elles avaient vu le panier se promener tout seul avec la poularde, les dames l'auraient pris.

GRAND'MÈRE, souriant.

Elles ne le virent pas. « Zerbeline s'arrêta pour prêter l'oreille, et entendit ces mots : « Pauvre Zerbeline! elle n'échappera pas à la vengeance de la fée : avant une heure son bateau enchanté aura disparu, sa compagne sera mise à mort, et elle-même ne sortira de cette île que pour épouser le prince Crapaud, et nous serons témoins de ce triste mariage. La princesse n'en écouta pas plus long; elle se mit à courir de toute vitesse, et arriva promptement au bois de saules : « Vite, dit-elle à Grisette, partons : la fée nous a découvertes, il ne s'agit plus d'attendre à ce soir; risquons le tout pour le tout avant qu'elle n'arrive. »

« Elles se dirigèrent aussitôt vers les roseaux, où le petit bateau était caché ; elles le trouvèrent facilement et sautèrent dedans. Au moment où elles le détachaient, elles entendirent un bruit de voix : c'était Grenouille, suivie de ses négresses, qui arrivait comme une furie ; la disparition de sa poularde avait achevé de l'exaspérer, car elle ne douta pas que Zerbeline ne fût l'auteur de ce méchant tour, et elle avait quitté brusquement la table pour se venger plus vite.

« Elle aperçut le bateau qui s'éloignait déjà de la rive ; mais, par malheur, l'étang qui entourait l'île Verte faisait partie du royaume de la fée, et le pouvoir de Lumineuse ne pouvait pas s'y exercer librement. Grenouille brandit sa baguette et ordonna au petit bateau enchanté de revenir sur ses pas. Forcé d'obéir à la baguette magique, il tourna docilement sur lui-même, et regagna le bord.

PIERRE

Qu'il est bête ce petit bateau !

JAVOTTE

Mais puisqu'il était forcé d'obéir.

PIERRE

Ah ! bah ! pour une fois !

GRAND'MÈRE

Il paraît qu'il était plus obéissant que toi.

« Zerbeline, malgré le péril extrême dans lequel elle se trouvait, ne perdit point la tête. Elle craignait fort peu pour elle-même, étant invisible ; mais, tremblant pour Grisette, elle sortit sa bonbonnière, dans laquelle restait la dernière perle rose, et dit à sa compagne : « Je vous ordonne d'avaler cette perle sur-le-champ ». — Grisette, touchée de la générosité de la princesse, dit : « Non, Madame, je ne consentirai jamais à vous priver de votre dernière ressource... — Ne parlez pas tant, et avalez », fit Zerbeline en lui mettant de force la perle dans la bouche. Au même instant, Grisette sentit un picotement dans le dos, deux petites ailes lui poussèrent immédiatement, et on vit un joli petit oiseau gris s'envoler à tire d'ailes vers l'autre rive. Il l'atteignit avant que Grenouille, stupéfaite, eût le temps de l'arrêter avec sa baguette.

« Hors d'elle-même, la fée sauta dans le bateau, espérant enfin saisir Zerbeline, car le bateau était si petit qu'il n'y avait place que pour deux personnes. Zerbeline, ne voyant plus d'autre moyen de salut, posa légèrement le pied sur la pointe du bateau, et, préférant tout au danger de tomber entre les mains de la vindicative Grenouille, elle se jeta résolument dans l'étang la tête la première. »

JAVOTTE

Ah! mon Dieu, elle va se noyer : n'est-ce pas, Pierre?

PIERRE

Mais tais-toi donc, tu interromps toujours au plus beau moment.

GRAND'MÈRE

« L'eau s'entr'ouvrit et bouillonna si fort qu'elle engloutit presque le petit bateau et inonda Grenouille de la tête aux pieds. « Ah! la maudite créature, s'écria la fée, elle m'échappe « encore; heureusement, elle va se noyer dans mon étang, cela « ne peut lui manquer! Je regrette seulement de ne pas avoir « la satisfaction de lui faire endurer tous les supplices que je « lui préparais. Mais allons vite nous sécher, car je sens que « je m'enrhume. »

« Grenouille remonta chez elle, suivie de ses négresses,

qui lui firent avaler de la tisane si chaude qu'elle lui brûla
la langue ; puis elles la frictionnèrent avec une brosse de crin,
et, quoiqu'elle eût la peau assez coriace, elle la frottèrent si
fort qu'elles l'écorchèrent jusqu'au sang. Elle jeta des cris
de possédée, mais on la persuada que ce traitement la pré-
serverait d'une fluxion de poitrine. On prétend que les négresses se vengèrent ainsi des coups qu'elles en recevaient
sans cesse.

« Quoi qu'il en soit, laissons-la dans son lit s'endormir
si elle peut. »

PIERRE

Elles ont bien fait, ces négresses, d'écorcher cette méchante
Grenouille : j'espère qu'elle finira très mal.

GRAND'MÈRE

Un peu de patience : tout vient à point à qui sait
attendre.

Le petit bateau enchanté.

DIXIÈME VEILLÉE

GRAND'MÈRE

« Zerbeline savait très bien nager, et aussitôt qu'elle eût plongé elle fit quelques brasses sous l'eau, puis, sortant un peu la tête, elle regarda ce que devenait la fée ; elle la vit s'éloigner avec ses négresses : cela lui donna un peu de répit, et elle recommença à nager de plus belle pour gagner l'autre rive ; mais elle se sentit bientôt arrêtée par de longues herbes qui s'enroulaient autour de ses jambes et l'empêchaient d'avancer ; malgré ses efforts, elle ne put bouger de place et dut se borner à tâcher de se soutenir sur l'eau. Toute autre que Zerbeline se serait laissé aller au désespoir, mais la courageuse princesse voulait lutter jusqu'au dernier moment.

« Cependant ses forces s'épuisaient d'autant plus vite qu'elle

n'avait rien mangé depuis la veille. Elle sentit tout à coup
une sorte de vertige lui monter à la tête; elle voulut encore
tenter un dernier effort pour se débarrasser des herbes qui
enchaînaient ses jambes, et son pied heurta quelque chose
de froid et de lourd. Cet objet n'était autre qu'une énorme
carpe qui nageait pesamment dans l'étang et cherchait à se
glisser entre les fatales herbes; elle y réussit et les déplaça
en partie. Grâce à ce secours inattendu, Zerbeline recouvra
l'usage d'une jambe, et s'en servit aussitôt pour repousser
vivement la carpe du côté opposé : celle-ci fit une nouvelle
trouée dans les herbes, qui dégagea l'autre jambe de la princesse. Aussitôt, rendue prudente par l'accident qu'elle venait
d'éprouver, Zerbeline se retourna sur le dos, et, faisant la
planche, elle se laissa aller à la dérive.

« Elle flottait ainsi depuis quelques instants, quand elle vit
apparaître à côté d'elle la tête de son amie la carpe, qui
venait un peu humer l'air, et, à sa grande surprise, elle aperçut à son cou une chaîne d'or, à laquelle pendait quelque
chose qui disparaissait dans l'eau. « Voilà, se dit la princesse,
« une chose singulière. Qui a jamais vu un collier d'or à
« une carpe? Je voudrais bien savoir quel est l'objet suspendu
« à ce collier. » Zerbeline étendit doucement la main, saisit
le collier de la carpe, qui se débattit violemment : un anneau
du collier céda, et le bijou resta entre les mains de la princesse.

« A ce moment-là, Zerbeline vit que le courant l'avait
ramenée auprès du petit bateau, que dans sa colère la fée
avait laissé là; elle se hâta d'entrer dedans, toute frissonnante,
car il y avait plus d'une heure qu'elle était dans l'eau; elle
détacha bien vite le bateau, qui, pour la seconde fois, se mit à
voguer rapidement comme s'il se dirigeait vers un point dé-
terminé.

10

« Elle se demandait avec anxiété comment elle pourrait
sécher ses vêtements, quand ses yeux s'arrêtèrent sur une
espèce de coffre placé à l'avant du bateau; elle l'ouvrit, et
vit que la prévoyante fée Lumineuse y avait fait mettre tout
ce qui est nécessaire pour changer d'habits, ce qu'elle fit aussitôt; puis elle s'enveloppa dans un grand peignoir de flanelle
blanche, à capuchon, serré à la taille par une cordelière. »

JAVOTTE

Ah! que d'aventures! grand'mère : c'est à peine si on a le
temps de les bien écouter; moi, j'aime beaucoup cette bonne
vieille carpe qui est venue trouer les herbes; et toi, Pierre?

PIERRE

Moi, j'aime mieux le petit bateau enchanté qui vogue
tout seul.

GRAND'MÈRE

« Pendant que le petit bateau voguait, Zerbeline s'aperçut avec joie que le panier contenant la bienheureuse poularde et les autres provisions était resté intact... »

JAVOTTE

Mais il devait être plein d'eau, puisque Grenouille avait
été inondée de la tête aux pieds.

GRAND'MÈRE, souriant.

« C'était heureusement un panier couvert : elle l'ouvrit et
se mit à dévorer la poularde avec un appétit qu'elle n'avait
jamais ressenti; puis elle but quelques gorgées de bordeaux
qui la ranimèrent tout à fait, ce dont elle avait grand besoin.
Après avoir terminé son repas, Zerbeline eut la curiosité
d'admirer de plus près le bijou arraché à la carpe.

« Une boule de cristal, tout à fait ternie par un long séjour

dans l'eau, était attachée à la chaîne d'or. Zerbeline s'amusa
à la frotter; peu à peu le cristal recouvra sa transparence, et
quel fut l'étonnement de la princesse en voyant dans la
boule..... » — Que penses-tu qu'elle vit, Javotte?

JAVOTTE

Oh! je ne sais pas : dites nous vite, grand'mère.

GRAND'MÈRE

« Elle vit un œil bleu qui la regardait fixement. « Mais
« c'est mon œil! » s'écria-t-elle : « c'est l'œil que Grenouille
« m'a enlevé; elle l'avait attaché au cou de sa vieille carpe,
« pensant que jamais je n'irais le chercher là. Je me souviens
« maintenant de l'inscription gravée en lettres d'or sur une
« plaque de marbre noir dans le cabinet du roi mon père :

> « Et l'œil emporté reviendra
> « Quand la princesse en l'étang plongera. »

« Voilà l'explication : je viens de plonger dans l'étang, et
j'ai retrouvé mon œil. Quel bonheur! je ne serai plus borgne,
et je pourrai plaire au prince Zerbelin! » La princesse, en pro-
nonçant tout haut ces derniers mots, rougit, et s'aperçut qu'il
n'était pas très bien, pour une jeune fille, de penser avant
tout à plaire à un jeune homme qu'elle ne connaissait pas. »

JAVOTTE

C'est vrai ça! Pourquoi ne pense-t-elle pas à son papa et
à sa maman, qui seront si contents qu'elle ait retrouvé son
œil? Moi! je n'aurais pas du tout pensé à Zerbelin.

GRAND'MÈRE, souriant.

Pour le moment, je le crois.....

« Le premier mouvement de joie passé, Zerbeline voulut

ouvrir la boule et rentrer bien vite en possession de son œil ;
mais, hélas! la boule était hermétiquement fermée, et il lui
fut impossible de l'ouvrir.

« La princesse fut désolée de cette découverte ; mais, comme
elle ne se décourageait pas facilement, elle réfléchit que l'es-
sentiel était d'avoir retrouvé son œil ; elle le serra précieu-
sement dans sa poche, espérant que tôt ou tard elle finirait
bien par ouvrir la boule.

« Tout en naviguant, la nuit était venue, et Zerbeline, épui-
sée de fatigue, s'endormit profondément. Quand elle se
réveilla, le jour commençait à poindre, et le petit bateau
abordait le rivage. Elle comprit qu'elle touchait au terme du
voyage, et, sautant à terre, elle respira à pleins poumons,
joyeuse de se sentir hors de l'empire de Grenouille ; mais,
après ce premier élan de joie, elle pensa tristement qu'elle
était seule et sans ressources, abandonnée dans un pays
étranger. « Oh! ma marraine, s'écria-t-elle, puissante fée
« Lumineuse, venez au secours de votre pauvre filleule! Que
« va-t-elle devenir, et comment trouver le chemin qui la ra-
« mènera chez le roi son père? »

JAVOTTE

La fée Lumineuse était sa marraine? vous ne l'aviez
jamais dit, grand'mère.

GRAND'MÈRE

Si, j'ai dit qu'elle assistait à son baptême avec trois autres fées.

PIERRE

Oui, mais vous n'avez pas parlé de baptême ni de marraine.

GRAND'MÈRE

Eh bien! Lumineuse était sa marraine, le croyez-vous maintenant?

JAVOTTE

Oh! nous le croyons bien : c'était seulement pour dire que vous ne l'aviez pas dit.

GRAND'MÈRE

C'est entendu! « Après avoir invoqué le secours de sa marraine. Zerbeline se mit lentement en marche, regardant tout autour d'elle pour voir si elle ne découvrirait pas quelque indice qui lui indiquât la route qu'elle devait prendre. A peu de distance de la rivière, deux chemins se croisaient : l'un d'eux conduisait à une forêt qui n'était pas éloignée, l'autre se perdait dans des plaines à perte de vue. Zerbeline, qui avait un œil perçant, aperçut deux bûcherons qui sortaient de la forêt, portant sur le dos une charge de bois. La princesse se décida à se diriger de leur côté, car elle désirait savoir si elle était encore invisible. Au bout de quelques minutes de marche, elle rencontra les bûcherons, et leur demanda fort poliment s'ils voudraient bien lui indiquer le chemin pour arriver au palais du roi son père.

« Les bûcherons la regardèrent avec étonnement et se mirent à rire : « Vraiment, dirent-ils, voilà une princesse « drôlement accoutrée! » En effet, Zerbeline, avec son grand peignoir de flanelle blanche et son petit capuchon relevé sur la tête ressemblait plutôt à une pauvre pèlerine qu'à la fille d'un roi. Ajoutez à cela le morceau de taffetas noir collé sur son œil gauche, et vous comprendrez l'apostrophe des bûcherons. »

JAVOTTE

JAVOTTE

Il ne se décollait donc jamais, ce morceau de taffetas?
C'est curieux !

GRAND'MÈRE

C'était une colle particulière faite par la fée Lumineuse.

PIERRE, impatienté.

Qu'est-ce que ça fait qu'il se colle ou se décolle? Tu es
assommante, Javotte, de toujours interrompre au plus beau
moment!

Javotte, confuse, ne dit mot, et grand'mère continue :

GRAND'MÈRE

« Zerbeline rougit en les entendant parler ainsi, et n'eut pas
besoin d'autre preuve pour savoir qu'elle n'était plus invisible.
« Il est vrai, dit-elle, que j'ai un costume bizarre; mais, si
vous voulez me reconduire auprès du roi mon père, il vous
donnera une récompense qui vous prouvera que je dis vrai.
— Et comment s'appelle-t-il le roi votre père? demanda
un des bûcherons. — Il s'appelle le roi des Mines-d'Or.
— Ah! j'ai entendu parler de ce royaume-là, reprit le
bûcheron; mais il n'est pas près d'ici, et, si vous comptez y
retourner à pied, vous pourrez bien coucher quelquefois
en route : nous ne nous chargerons pas de vous y conduire.
— Je vous en prie, dit la princesse, indiquez-moi seulement
le chemin. — Oui dà! firent les bûcherons, qui étaient de
méchantes gens; et qu'aurons-nous pour notre peine? —
Je ne puis rien vous donner en ce moment, repartit tristement Zerbeline, mais je vous enverrai une récompense
quand je serai de retour. Vous voyez bien que je ne possède
rien. — Ce n'est pas si sûr que ça, dirent les méchants
bûcherons, qui n'étaient autres que des voleurs. » Et ils se

mirent en devoir de fouiller les poches de la princesse.

« L'un d'eux tira la chaîne d'or et la précieuse boule de cristal. « Ah ! ah ! dit-il, voilà une chaîne d'or qui a bien son prix : nous nous en contenterons pour la peine. Bon voyage, belle princesse : allez toujours tout droit, vous ne pouvez manquer d'arriver quelque part. » — Zerbeline s'écria : « Non ! non ! rendez-moi ma chaîne : vous ne pouvez savoir quel prix elle a pour moi ! — Ah ! elle a un si grand prix ! tant mieux, pour nous aussi. » En disant cela, ils firent mine de s'éloigner ; mais Zerbeline, à qui le désespoir donnait des forces, s'élança pour arracher la chaîne des mains du bûcheron qui la tenait ; elle parvint à saisir la boule, et tira de toutes ses forces. Le bûcheron tira de son côté, et la boule resta dans la main de la princesse, qui tomba en arrière tant elle avait tiré fort.

« Les bûcherons s'enfuirent avec la chaîne, et Zerbeline se releva toute meurtrie de sa chute, mais en possession de la précieuse boule, qu'elle serrait encore dans sa main. Quelle fut sa surprise, en la regardant, de voir, à l'endroit où la boule tenait au collier, un petit bouton d'or semblable au ressort d'un bracelet ; elle poussa le bouton, et la boule s'ouvrit avec la plus grande facilité. — L'heureuse Zerbeline ne perdit pas une minute : elle arracha le morceau de taffetas noir, prit délicatement son œil, et le replaça sans difficulté dans son orbite. Cette opération faite, elle fut si joyeuse de posséder enfin ses deux yeux, qu'elle oublia sa chute, ses contusions, ses inquiétudes pour l'avenir ; il lui sembla qu'elle n'avait plus rien à craindre, et elle continua gaîment son chemin. »

JAVOTTE

Tu vois bien, Pierre, que ça fait quelque chose que son taffetas se colle ou se décolle ! Tu me grondes toujours pour rien.

GRAND'MÈRE

« Zerbeline ne tarda pas à apercevoir une habitation assez
considérable; elle hâtait le pas pour y arriver, quand elle
entendit un bruit semblable à celui des roues de plusieurs
carrosses, mais sans qu'il s'y mêlât celui des pas des chevaux.
Elle s'arrêta pour découvrir d'où venait ce bruit, quand tout
à coup parut à l'improviste le prince Crapaud, suivi de toute
son escorte. Ce château n'était autre que le sien, mais il y
arrivait du côté opposé à celui qu'avait pris Zerbelin. » Mais
en voilà assez, mes chéris, car il est tard.

La forêt et les bûcherons.

ONZIÈME VEILLÉE

GRAND'MÈRE

« A peine la princesse eut-elle jeté un coup d'œil sur le
singulier cortège qui arrivait, qu'elle fut tentée de s'enfuir;
mais, réfléchissant que Crapaud ne la connaissait pas et qu'il ne
pourrait soupçonner son rang d'après son pauvre costume,
elle resta immobile pour laisser passer les chars; Crapaud
l'aperçut, et cria : « Quelle est cette femme? Quelque pèlerine
« mendiante, sans doute? Qu'on la chasse sur l'heure : je ne
« veux pas qu'une de ces rôdeuses-là puisse entrer dans mon
« palais; c'est bien assez qu'on y ait laissé pénétrer ce Zer-
« belin maudit que je vais jeter par la fenêtre! »

« Zerbeline tressaillit et se hâta de s'éloigner de quelques
pas; mais, au lieu de partir, elle se cacha derrière un gros
arbre, espérant découvrir quelque chose de plus sur le sort

11

de Zerbelin et se creusant la tête pour comprendre comment
et pourquoi il était dans le palais de Crapaud.

« Pendant qu'elle réfléchissait, Crapaud et sa suite en-
traient dans le palais ; les serviteurs, épouvantés de la rage dans
laquelle ils voyaient leur maître, fuyaient devant lui. Il saisit
un laquais par les cheveux : « Répondras-tu ? coquin ! hurla-
« t-il. Où est-il ? où est-il ? Réponds sur-le-champ, ou je t'as-
« somme ! » L'infortuné laquais, plus mort que vif, balbutia :
« Je ne sais de qui Votre Altesse veut parler ! — Ah ! tu ne
sais ! eh bien ! je vais te l'apprendre. » En disant ces mots,
Crapaud saisit une énorme canne, et allait rouer de coups le
malheureux, quand la porte s'ouvrit, et Zerbelin lui-même
s'offrit à ses yeux : « Arrêtez, prince, dit-il d'une voix calme :
« ne vous laissez point emporter à une colère indigne de
« votre rang. Je suis seul coupable, si toutefois c'est un
« crime d'avoir demandé l'hospitalité pour une nuit dans
« votre palais. »

« Crapaud demeura interdit pendant quelques secondes
devant le sang-froid de Zerbelin ; mais, reprenant son audace
parce qu'il se sentait le plus fort : — « Mon palais n'est
pas une auberge, fit-il insolemment : sortez à l'instant, ou
je vous fais jeter dehors par mes gens ! — Si vous le prenez
sur ce ton, dit froidement Zerbelin, c'est différent : je ne
sortirai pas ! — C'est ce que nous allons voir, cria Crapaud en
fureur. Holà mes laquais, mes gardes, emparez-vous de cet
homme et jetez-le à la porte ! » Mais personne ne bougea.

« Les serviteurs de Crapaud, mal payés et tourmentés par
lui de mille manières, le détestaient. La générosité et la poli-
tesse de Zerbelin les avaient au contraire gagnés à sa cause ;
voyant bien d'ailleurs qu'ils avaient affaire à un grand per-
sonnage, ils ne voulurent point s'emparer de lui.

« Comment, coquins, vous ne m'obéissez pas ! hurla Cra-
« paud en brandissant le bâton qu'il tenait encore à la main :
« eh bien ! vous allez voir ! » — Zerbelin, plus prompt que lui,
enleva lestement le bâton de ses mains, et lui dit : « Nous
« allons, si vous vous le voulez bien, vider immédiatement cette
« querelle comme deux chevaliers de notre rang doivent le
« faire. Nos épées décideront de quel côté est le bon droit. » —
Crapaud hésita avant de répondre ; mais, voyant qu'il n'avait
rien à attendre de ses gardes ni de ses laquais, qui demeu-
raient immobiles, il prit tout à coup son parti : « Soit, dit-il,
« je ne vous crains pas : en garde ! — Zerbelin, un peu surpris
de cette bravoure, se mit en garde, et le combat commença.

Crapaud attaquait lourdement et se défendait mal ; au bout
de quelques passes, Zerbelin fit sauter en l'air l'épée de son
adversaire, et, lui appuyant légèrement la pointe de la sienne
sur la poitrine : « Prince, dit-il, vous êtes vaincu : je vous
« fais grâce de la vie, rendez-vous à merci. »

« Au même instant, Crapaud leva le bras droit. Un cri aigu
se fit entendre : « Le poignard ! le poignard ! Gare au poignard ! »
s'écria une voix altérée par l'émotion. Plus prompt que
l'éclair, Zerbelin saisit la main droite de son rival, et, l'ouvrant
de force, il en fit tomber un poignard de Java à lame empoi-
sonnée que Crapaud portait toujours sur lui. « Ah ! vous vou-
« liez m'assassiner, dit Zerbelin, sans perdre son sang-froid :
« je comprends maintenant pourquoi vous avez si facilement
« accepté le combat ; mais cela change un peu les conditions de
« votre défaite. Mes amis, emparez-vous de ce misérable, et
« jetez-le dans le cachot souterrain du palais. » Les gardes
obéirent avec empressement, et Crapaud, malgré sa rage et
ses cris, fut solidement garotté avec des cordes et emporté dans
le souterrain. »

PIERRE, vivement.

Quel lâche que ce Crapaud! C'est comme si on ouvrait son couteau quand on se bat à coups de poing au collège!

JAVOTTE

Et un couteau empoisonné encore! Mais, grand'mère, qui est-ce qui avait crié : « Le poignard! le poignard! »

GRAND'MÈRE

Tu n'as pas deviné?

JAVOTTE

Non, grand'mère.

PIERRE

Moi non plus.

GRAND'MÈRE

Eh bien! je vais vous le dire : « Au moment où Crapaud rentrait avec ses équipages, les domestiques, effrayés de son arrivée et de sa colère, oublièrent de lever le pont-levis derrière lui et suivirent leur maître jusqu'à la salle d'armes pour savoir ce qui allait se passer. Zerbeline, qui était restée cachée dans son bois, s'aventura, après le passage du cortège, à s'approcher davantage. Voyant le pont-levis baissé et personne pour le garder, elle se glissa jusqu'à la salle d'armes, où elle resta cachée derrière les gardes sans que personne l'aperçût.

« Mais au moment du combat, entraînée par l'intérêt qu'elle portait à Zerbelin, elle se faufila jusqu'au premier rang, et parvint à passer sa tête entre deux gardes pour mieux voir : ils ne firent nulle attention à elle, n'ayant d'yeux que pour les combattants.

« Au moment où Crapaud fut désarmé, elle le vit glisser

rapidement sa main dans son habit, la lame du poignard
brilla un instant, et c'est alors qu'elle jeta le cri qui l'empêcha
d'exécuter son coupable dessein.

« Une fois le tumulte apaisé, chacun se retira, et Zerbelin
demanda : « Mais qui donc a crié pour m'avertir du danger?
Je veux le savoir, car, quel qu'il soit, il mérite bonne récompense. — Je vais m'en informer, Monseigneur» , dit un laquais.
Un instant après, il rentra, ramenant Zerbeline assez émue :
« Monseigneur, dit-il, c'est la jeune pèlerine que voici; elle
est entrée dans le palais à la suite du prince Crapaud, probablement pour demander l'aumône, et, témoin du combat, c'est
elle qui l'a vu saisir son poignard. »

« Le prince s'approcha de la jeune fille avec beaucoup de
courtoisie : « Vous m'avez sauvé la vie, Madame, et je ne
« sais comment reconnaître un si grand bienfait. Veuillez
« accepter l'hospitalité dans cette demeure jusqu'au moment
« où vous désirerez continuer votre pieux pèlerinage. Vous
« avez probablement un long voyage à faire, et, quoique les pè-
« lerins fassent vœu de pauvreté, daignez accepter pour vous et
« vos compagnes cette faible marque de ma reconnaissance. »
En disant ces mots, le prince offrit à Zerbeline une bourse
pleine d'or. Elle écarta la bourse par un geste gracieux, et dit
en souriant : « J'ai, en effet, un long voyage à faire, mais il
« ne dépend que de vous, prince, de m'aider à l'achever promp-
« tement. »

— « Madame, dit le prince, charmé de la grâce et de la
douce voix de Zerbeline, je suis prêt à vous obéir.

— Eh bien! prince, si cela ne vous semble pas trop difficile, dit-elle avec un sourire un peu malicieux, je vous prie de
me reconduire chez mon père, le roi des Mines-d'Or.

— Quoi, madame! fit Zerbelin stupéfait, vous seriez...

— Je suis la princesse Zerbeline, que vous venez de délivrer du monstre que la fée Grenouille lui destinait pour époux?

— Ah! madame! reprit Zerbelin, pourquoi faut-il que vous m'ayez sauvé la vie, quand je brûlais de vous la sacrifier?

— En vérité, prince, dit Zerbeline en riant, je préfère de beaucoup que vous n'ayez pas été réduit à cette cruelle extrémité.

— Que de grâce et de bonté! Madame, s'écria Zerbelin transporté : je jure ici que cette vie que je vous dois vous sera consacrée tout entière!

— Nous parlerons de cela plus tard, fit gaiement Zerbeline; mais, pour le moment, je vous avouerai, prince, que je me meurs de lassitude et de faim : un peu de repos et un bon dîner me feraient grand plaisir. »

JAVOTTE

Ils ont toujours faim, grand'mère : avez-vous remarqué ?

GRAND'MÈRE, souriant

Tu ne réfléchis pas qu'ils prennent beaucoup d'exercice.

JAVOTTE

Ah! c'est vrai.

GRAND'MÈRE

« Vous êtes ici chez vous, Madame, dit le prince : commandez, et vous serez servie. — Qu'on fasse venir sur-le-champ les femmes de la princesse Zerbeline dans son appartement! » ajouta-t-il, s'adressant aux laquais; puis, offrant la main à Zerbeline un peu étonnée, il lui fit traverser la sombre enfilade des salles du palais, jusqu'à l'antichambre du pa-

villon préparé pour elle, et, lui baisant respectueusement la
main, il la quitta.

« Zerbeline crut rêver en voyant dans l'antichambre deux
rangs de femmes debout attendant ses ordres. — « Madame,
dit l'une d'elles, vous ne nous reconnaissez pas? Nous sommes
les dames à têtes de grenouilles : le prince Crapaud a demandé à sa tante de nous placer près de vous et de nous
rendre la figure humaine. Nous avons été transportées ici ce
matin par un coup de baguette de la fée. Ce pavillon est prêt
à vous recevoir, et, si vous voulez bien entrer dans votre
chambre, vous y trouverez tout ce qu'il faut pour vous repo-
ser et changer de toilette. — Qu'on m'apprête un bain! dit
la princesse : c'est ce qui me délassera le mieux. »

« En effet, tout-à-fait reposée au bout d'une heure ou deux,
elle demanda à s'habiller : on lui apporta une délicieuse robe
de satin rose-pâle avec une traîne de trois aunes de long, ce
qui l'enchanta, car elle n'avait jamais porté de robe longue.
La toilette terminée, toutes ses femmes déclarèrent que la
princesse était belle à miracle, ce qui se trouvait vrai ; mais
elles l'auraient dit également si elle eût été laide, car elles
étaient des flatteuses. Quant à Zerbeline, après avoir jeté un
coup d'œil dans la glace, elle pensa que deux jolis yeux bleus
valaient mieux qu'un.

« On vint avertir la princesse qu'elle était servie. Le
prince l'attendait dans le boudoir pour la conduire à la salle
à manger; il invita les deux dames d'honneur à prendre
place auprès d'eux. Le dîner fut exquis et fort gai. Le prince
seul ne mangeait guère, occupé qu'il était à regarder Zerbeline, car il la trouvait charmante et commençait à l'aimer à
la folie.

« La cuisine du palais était souterraine, et, pour monter les

plats, il fallait passer devant le cachot où était enfermé Crapaud. Or, les petits marmitons le détestaient, parce qu'il avait
pour habitude de les faire fouetter quand son dîner n'était
pas bon. Enchantés d'avoir l'occasion de se venger, ils
criaient chaque fois qu'ils passaient devant sa porte : « Voilà
« un potage délicieux pour le prince Zerbelin et la princesse
« Zerbeline! — Ah! comme ils se régalent de bonnes truffes
« au champagne! — Ils trouvent ces laitances de carpes
« exquises! — Voilà un faisan de Bohême dont ils n'ont laissé
« que les os, il est vrai que les dames d'honneur ont bon
« appétit! »

     « Quoi! mugissait Crapaud, Zerbeline est ici! Mais comment
« la coquine y est-elle arrivée? Et ces infâmes têtes de gre-
« nouilles, auxquelles j'ai fait rendre la figure humaine, man-
« gent mes faisans de Bohême? Ah! les misérables! les bri-
« gands! Mais ma tante ne peut tarder à savoir ce qui se passe,
« et, quand elle sera venue me délivrer, je les ferai tous mourir
« sous le bâton! » Quand le dîner fut terminé, la princesse demanda la permission de se retirer dans son appartement;
mais, avant de se séparer, ils convinrent de partir dès le lendemain matin, pour rejoindre au plus tôt le roi et la reine
des Mines-d'Or.

     « Zerbeline dormit d'un sommeil paisible qu'elle ne con-
naissait plus depuis longtemps. Quant au prince, on prétend
qu'il ne ferma pas l'œil de la nuit, tant il était occupé de sa
belle fiancée. Quand les premiers rayons du soleil parurent,
on entendit éclater de joyeuses fanfares dans la forêt. Zerbeline, éveillée en sursaut, appela ses femmes pour s'informer de
la cause de ce bruit. Elles répondirent qu'on voyait arriver
de tous les côtés de nombreux cavaliers et des équipages
extraordinaires.

« La princesse se hâta de s'habiller, les fanfares se rappro-
chaient de plus en plus, et quelles furent sa joie et sa surprise
en reconnaissant, en tête d'un splendide cortège, le roi et la
reine des Mines-d'Or, escortés de tous leurs gardes à cheval !
Elle descendit précipitamment se jeter dans leurs bras. Le
prince Zerbelin, éveillé depuis longtemps, était déjà à l'entrée du pont-levis pour les recevoir.

« Après les premiers embrassements, le prince, la princesse, le roi et la reine, remontèrent les marches du perron
pour voir défiler le cortège, qui débouchait de la grande allée
de la forêt.

« En tête venaient les voitures des fées. Aussitôt après on
voyait le grand enchanteur Merlin, dont la barbe vénérable
descendait jusqu'à ses genoux : il était monté sur un superbe
éléphant blanc, richement caparaçonné, et arrivait tout droit
des Grandes-Indes pour assister aux noces de son filleul.
Douze Indiens, en robes de soie rouge brodée d'or, le sui-
vaient montés sur des éléphants gris recouverts de longues
housses faites de riches étoffes ; ils portaient de grands coffres
en bois de sandal contenant des cadeaux pour les futurs
époux. Après les Indiens, venaient douze dromadaires, portant, entre leurs deux bosses, un riche bât rouge et argent
sur lequel était posée une sorte de plate-forme : des acrobates
et des jongleurs y exécutaient des tours extraordinaires et
prenaient des poses bizarres en agitant de grands éventails
de plumes de mille couleurs.

« Après les jongleurs, on voyait douze pages vêtus de satin
blanc. Les deux premiers conduisaient par la bride une jolie
haquenée blanche, douce comme un mouton, et destinée à la
princesse. Enfin, pour fermer la marche, arrivait une grande
cage verte posée sur quatre roues et traînée par un vieil âne

pelé. Cette cage était précédée de douze singes plus laids les uns que les autres qui gambadaient comiquement, et dans la cage, on voyait... » Que penses-tu qu'on voyait, Javotte?

JAVOTTE, frappant des mains.

Grenouille! Grenouille! la vilaine Grenouille!

GRAND'MÈRE

« Tu l'as dit : c'était elle, à moitié morte de honte et de fureur et n'ayant rien à dire, car Merlin venait de lui signifier que le conseil des Fées et des Génies avait prononcé sa déchéance pour cent ans à cause de ses méchancetés.

« Madame, dit Merlin à Zerbeline, nous remettons le sort de Grenouille entre vos mains : c'est vous qui allez décider du supplice auquel elle sera condamnée pendant cent ans.

— Eh bien! dit la princesse, je la condamne à celui qu'elle me destinait, c'est-à-dire à vivre en tête-à-tête avec son neveu.

— La punition est bien faible pour tant de crimes, ma fille, dit le roi des Mines-d'Or, qui n'avait jamais pardonné à Grenouille d'avoir jeté son bijou d'émail par la fenêtre.

— Pas tant que vous croyez, mon père, répondit Zerbeline. Qu'on aille chercher le prince Crapaud! » — Un instant après on l'apporta. — « Déliez-le, dit la princesse, et mettez-le dans la cage de sa tante. »

« L'ordre fut exécuté, et à peine la porte était-elle refermée, que Grenouille, bondissant comme une panthère, saisit son neveu à la gorge en criant : « C'est toi, brigand! qui es cause de tout : si tu n'avais pas voulu épouser Zerbeline, tous ces malheurs ne seraient pas arrivés. — Je vous préviens, prince Crapaud, dit Merlin, que la fée Grenouille est déchue de son pouvoir pour cent ans : il est bon que vous le sachiez.

— Ah! vous êtes déchue! s'écria Crapaud à moitié étranglé;
ah! vous n'avez plus le pouvoir de me tyranniser! Alors,
nous allons voir! » En parlant ainsi, il donna une telle bour-
rade à Grenouille qu'elle alla rouler au fond de la cage.

« Eh bien! mon père, dit Zerbeline en se tournant vers le
roi, que pensez-vous de ce petit échantillon de leur vie de
famille?

— Allons, allons, cela va bien, dit le bon roi : vous aviez
raison, ma fille, la punition est pire que je ne le pensais. »

JAVOTTE

Il était bien mal élevé, ce Crapaud, d'oser ainsi battre sa
tante!

PIERRE

Ah! bah! quand sa tante est une grenouille!

JAVOTTE

Ça ne fait rien.

GRAND'MÈRE

Je suis de ton avis, Javotte : Crapaud était fort mal élevé.

« Tout le cortège se mit en marche; l'enchanteur Merlin
le fit passer par des routes inconnues aux simples mortels, et
ils arrivèrent à la nuit tombante, chez le roi des Mines-d'Or.

« Le palais était illuminé pour les recevoir. Les dames de
la cour, rangées en haie dans la salle d'entrée, attendaient la
princesse avec leurs filles à côté d'elles. Ces dernières avaient
toujours leur emplâtre collé sur l'œil gauche. En les voyant,
Zerbeline se mit à rire, et dit à leurs mères : « Mesdames,
« je vous suis fort obligée du soin que vous avez pris de me
« cacher que j'étais borgne, en privant vos filles de l'usage
« de leur œil gauche; peut-être cependant eût-il mieux valu
« ne pas me déguiser la vérité, que j'ai apprise à mes dépens.

« Veuillez, je vous prie, délivrer ces demoiselles de ce fâ-
« cheux ornement. » — Les jeunes filles ne se le firent pas
dire deux fois, et arrachèrent vivement l'affreux taffetas noir.

« Le prince regardait tout cela sans y rien comprendre, car
il ignorait encore que Zerbeline eût perdu son œil. Elle lui
expliqua gaîment la chose, et ajouta avec malice : « Je suppose, Prince, que ce n'est pas un œil de plus ou de moins qui
vous eût empêché de m'aimer. — N'en doutez pas, Princesse », répondit galamment Zerbelin, en lui baisant la main
et en bénissant intérieurement le ciel qu'elle eût retrouvé
son œil.

« On prépara tout pour célébrer le mariage, et, le matin
même des noces, on vint annoncer à Zerbeline que sa marraine la demandait : elle courut aussitôt, et, en entrant, elle
vit la fée accompagnée d'une jeune dame. »

JAVOTTE

Ah ! c'était Grisette, j'en suis sûre.

GRAND'MÈRE

Précisément. — « Lumineuse s'avança, tenant Grisette par
la main, et dit : « Ma chère enfant, vous êtes comblée de pré-
« sents de toutes sortes, faits pour plaire à une princesse de
« votre âge : moi je veux vous en faire un, auquel personne
« n'a songé. Je vous donne une amie discrète et sûre, à laquelle
« vous pourrez confier sans crainte vos plaisirs et vos peines. »

« On prétend, ajouta la fée en souriant, qu'il n'y a pas
« de bonheur complet pour une femme si elle ne peut le
« raconter. »

« Zerbeline embrassa tendrement Grisette, et dès le jour
même le mariage fut célébré avec la plus grande magnificence.

« Les époux vécurent longtemps et les plus heureux du

monde, partageant leur temps entre leurs deux royaumes, qu'ils gouvernèrent à la plus grande satisfaction de leurs sujets, ce qui ne s'est jamais vu depuis lors. »

(Un silence)

JAVOTTE

Pourquoi vous arrêtez-vous, grand'mère. Êtes-vous fatiguée ?

GRAND'MÈRE

Non, je m'arrête parce que c'est fini : n'êtes-vous pas contents ?

LES ENFANTS

Si, si, grand'mère, nous sommes très contents... Quand nous en raconterez-vous une autre ?

Le singe de Grenouille.

IMPRIMÉ

PAR

GEORGES CHAMEROT

19, rue des Saints-Pères

PARIS

Paris. — Typ. G. Chamerot.

www.ingramcontent.com/pod-product-compliance
Lightning Source LLC
Chambersburg PA
CBHW070744280626
47162CB00017B/2351